JN034473

地下鉄エトセトラ IV

目次

何かお困りですか

地下鉄エトセトラ

父のキス

雨が突然降ってきて、びしょ濡れになりながら新宿駅へと走る。

雷鳴がとどろき、近くの小学生がぎゃあぎゃあと叫ぶ。

「怖いねえ」

「もう、お母さんに早く迎えに来てもらおう」

そうよ、私だって迎えに来てほしい。母に。私はいつも甘えていた。


専業主婦だった母は、忘れ物や傘をよく届けてくれた。

父にはそんなことするからいつまでも忘れるんだと、いつも叱られていた。

父が大阪の営業所に異動になっても、私たち兄妹が大学と高校の受験生だったので母は残ることになった。そんなことが当たり前のように私は思っていた。母は元気でいるものなのだと。

父の単身赴任が四年過ぎ、私も大学生となった。兄は百貨店に就職が決まった。二人とも父が単身赴任でいることをさびしいだろうなと気づく年齢となった。そこで、五月から母が大阪に行くことになり、毎日荷造りをしていた。そんな矢先のことだった。

私たち二人が朝家を出るときは、何にも変わったところがなかったのに。

しかも、私と兄が帰ってきたときは倒れてから五時間も経っていたのだ。


あの日、地下鉄の改札出口で兄と出会った。母の好きなケーキを買って帰ろうと近くのケーキ店まで一緒に歩いた。そこで、隣の山田さんの奥さんに声を掛けられた。

「お母さんと最後の絵手紙教室だからと話していたのに、お忙しいのかお休みされましたねえ」

「え？　そうですか。母が皆さんに渡したいと昨日お礼のハンカチを包んでいましたけど」

「あら、自宅の電話も携帯にも出なかったから、荷物の運び出しが今日に変更になったのかなと思いましたのよ」

そこまで聞いて、私たちは急に不安になって走り出した。

兄は高台にある我が家へ全速力で走っていた。私はいつもより足が震えて思ったように走れない。ただ、止まりそうなほど心臓が騒いでいた。

思わず靴のまま上がりそうになって、玄関で躓いた。

「母さん！」

「お母さん！」

見つけた母は、寒い台所の床で倒れていた。悲しいほどに目を開けて、失禁していた。救急車が来て母を乗せていく間中、私たちは母に謝り続けていた。

「母さん、ごめんね。寒かったたでしょう」

「いつから具合悪かったのさ。知らなくてごめんな」

そう言いながら手をさすり、私は救急車に乗り、兄は父に連絡した。病院ではさっそく冷え切った体を温めながら手術室へ運ばれた。

誰かがいればどうにか早く助けることもできたのに、母には重い後遺症が残った。いつも私の運動会では一緒に走ると母が速くて、周りのみんなに笑われた。スポーツウーマンだった母。若いころは陸上の選手だったというのに、足は固くなり曲がらなくなってしまった。

頭を強く打つようなことはなかったが、言葉もスムーズには出なくなった。明るくよく笑う母が消えた。家はスロープを付け、手すりを設置し、トイレや風呂も改造。父の書斎は母の寝室となった。

仕事人間で家族のために働き、学費を稼いでいた父は何も悪いことはしてないのに悩んでいた。

「母さんに負担をかけていたんだな」

「違うわ。みんな悪くないわ」

「だが、東京と大阪を行ったり来たりは」

「お父さん、頑張ろうよ」

父はやがて会社に無理を言って東京の本社に帰ってきたが、やがて退職せざるを得なくなった。病院の看護は三か月で終わり、次は家庭での介護となったのだから。

私は夜間のコンビニでの販売をした。新入社員の兄は毎日疲れ切っていた。

母の病状はすっきりしなかったが、それでも家族みんなは誰も文句を言わなかった。

今までの母の愛情に応えたかったから。だが、半年も過ぎると、私は時には友達ともゆっくり話したくなった。兄も付き合っていた彼女と時にはデートもしたくなった。父は黙々と母の世話をしていたが、話しかけても返ってこない母の言葉にだんだんイラついているように見えた。

「母さん、たまには返事をしてくれよ」

夜中に帰ると、父の話し声が聞こえた。

「なんでこんなにおむつを汚すんだよ」

バケツに汚れたおむつを入れ、腰の周りを暖かい清潔なタオルで拭く。部屋の芳香剤を撒いて匂いがすべて消えるとは限らない。魚の焼けた匂いではないのだ。大人の排泄物なのだから。いつの間にか私は見て見ぬふりをしていた。母のおむつとは思っても父に任せきりだった。

「もう、母さん、私と一緒に行くか？」

その言葉に震えた。

「父さん、何言ってるの」

あわてて部屋に入ると、父は母に覆いかぶさって泣いていた。

「すまん。なんでもない」

「父さん、いやだ。母さんを連れて行かないでよ」

父のむせび泣く声が私の心に刺さる。父の背中に手を置くと、小刻みに震えている。その向こうに母の顔が見えた。無表情かと思っていた母の顔に涙がこぼれている。父の涙なのか、いや、そうじゃない。母も泣いていた。

「父さん、見て。母さん泣いてる」

父は驚いたように母の顔を見て、もっと激しく泣き出した。父はどんなことがあっても涙を見せる人ではなかった。その父が詫びて泣いている。

父の手は母の手を握りしめていた。

父の大きな手に痩せた母の手がすっぽりおさまった。

いつの間に帰って来たのか、私の後ろで兄が座り込んでいた。

「みんな余裕がなくなっていたね」

「ああ、本当にすまん。許してくれ」

「ううん、父さん、私も介護から逃げていたわ。父さん一人に任せてごめんね」

「いやあ、本当は父さんが頑張らないといけないのに、ついついやってもらうことが当たり前の生活だったから」

「俺もだよ」

「うん、私も。母さんは怒っても怖くなかったね」

「ああ、その時だけでやっぱり母さんとは話したかったからな」

その翌日、父を連れて病院に行った。軽いうつと診断された。だが、これは誰もが通る道だと医師は説明してくれた。家族の負担は大きいのだ。

兄も会社での自分の存在があまりにも小さく見えていたようだし、私もバイトに追われて大学生ということを忘れていた。父は母にこれもあれもしてあげようと思っていても、すぐに結果が出るわけではないことに打ちひしがれていた。

誰もが思いやりを持っていたはずなのに、誰もが疲れ切っていた。

母のために二時間ほどのヘルパーを依頼し、父もその間に自分の時間を持つようになった。兄は彼女を家に連れてきて紹介した。私はバイトを週四日に減らした。

母には表情が出てきた。

隣の山田さんがときどき訪問してくれるようになった。私たちが彼女の視線から逃げようとしていたから遠慮をしていたようだ。私たちは母を隠そうとしていたのだろうか。そんなこと考えていなかったはずなのに。母のことを恥ずかしく感じた自分の心が恥ずかしい。

今朝は母のおむつを取り換えると父がこう話していた。

「母さん、毎日健康なうんちだね」

私は食べていたリンゴを落としそうになったけど、思わず吹き出した。

「朝からすごい会話だな」

兄が笑いながらネクタイを締める。私は大学に出すレポートをプリントしたところだ。

父は鼻歌を歌いながら、洗濯していた。

「父さん、今日は私が豚汁作るからね」

「おう、ありがとう」

「俺、彼女も連れてきていいか」

「いいよ、たくさん作るし、彼女にも手伝ってもらおうね、母さん」

母と目が合った。

確かに目が合ったのだ。

「父さん、母さん何でもわかってるみたいね」

「そうだろ。この頃そう感じるよ」

父は私たちの目の前で母の額にキスをした。


「やってられねーなー」

兄は呆れながらもうれしそうに出かけた。

私は地下鉄の駅までいつの間にかハミングしていた。


今日はいい天気だ！

君って誰?

いつもの車両は満員。

今日はあなたはどこにいるだろうか。

やはりそこか。彼女のカバンが見える。ごっついブルーのトートバッグ。赤のトレンチコートにブルーのバッグ。足元はエナメルの黒のブーツ。

かっこいいかと聞かれれば、思い切り「ノーッ」と叫びたい。その奇抜な色の組み合わせ。

どこの大学生なのか、それとも働いているのか。毎朝七時四十五分の電車に乗る彼女。いつも驚くような配色の服で連れて歩くのはどうもと思うのだが、彼女のあの日の行動が僕を変えた。

あの日。

僕はいつものように渋谷の営業所を出ると走って、合コンの居酒屋に向かった。今日は先輩が可愛い子が集まるよと耳打ちしてくれたから、少し高い参加費も目じゃないつもりで出かけた。

だが、こともあろうに僕の目の前でおばあさんが躓いて転んでしまったのだ。

「大丈夫ですか」

声をかけても、おばあさんは膝をかなり打ったようで立ち上がることもできなかった。痛みで顔も真っ青だ。骨でも折れているのかもしれない。

困って周囲を見渡すと、いつもの派手な彼女が走ってきた。

「あ、膝の皿が割れてるかもしれないわ」

「え?」

彼女はてきぱきと足を持ってたスカーフで固定し、荷物を拾い集めた。自分のケータイでどこかの整形外科に連絡してるようだ。僕は何もできずにおばあさんを抱えているだけだった。

「あなた、この方のお知り合いですか?」

「いえ、僕は通りすがりの者です」

「そう、この角を曲がったところに整形外科があるの。おんぶできる?」

「救急車じゃなくていいんですか」

「大丈夫、そこのほうが速い」

僕は言われるまま、おばあさんを背負い、病院へと急いだ。幸いおばあさんは打撲だけで骨折には至らなかった。家族と連絡を取り、おばあさんは迎えが来るまで僕と彼女は一緒にいた。おばあさんはこの近くのマンションのオーナーとやらで、孫が外車でやって来たのには驚いた。とても高そうな財布から病院の支払いを済ませて、僕らに向かって頭を下げながらこう言った。

「ありがとうございます。お名前を」

「いえいえ、名乗るほどのことはしてません」

彼女が言うものだから僕も黙っていた。

「じゃ、失礼」

と、彼女はあっさり帰ってしまったのだ。僕もあわてて彼女のあとを追ったが、もう外は真っ暗でどこに行ったのか見えなかった。

でも、彼女がいつも地下鉄に乗っているのは知っていた。明日は会えるだろうか。

折角一万円も払って参加した合コンはおばあさんの一件で疲れていたのか面白くなかった。ただ、明日も電車が同じかもしれないと、早く出勤したかった。

いつも彼女は僕と同じ車両に乗っている。派手な色が好きなのか赤のトレンチは目立っていた。そして、それになぜかブルーのバッグ。

あの手際の良さ、看護師さんだろうか、それとも医者なのか、医学部の学生だろうか。僕は彼女に惹かれていた。彼女のすっきりとした顔立ちは本当に賢そうに見えた。眼鏡も似合い、無造作にゴムでたばねた髪に伸ばしていない爪。これも僕は好きだった。人を食ったような赤く長く伸びた爪はどうにも好きになれなかった。

新宿で降りると、彼女は颯爽と歩いていた。階段で追いついた。

「おはようございます」

彼女はびっくりしたような顔で軽く会釈をした。

忘れられているみたいだ。

「あのう、昨日おばあさんを背負った男です」

「ああ、あなたでしたか。ごめんなさい」

昨日のきりっとした声とは全く違っていた。でも、人懐こそうに笑う彼女はすてきだった。

「あのう、僕は島田浩一郎といいます」

名乗らないときっと名前は教えてくれないだろう。

「私は大木ルナと言います」

「あ、素敵な名前ですね」

「そうですか？　父が入れあげたバーのマダムの名前だと母から聞かされました」

答えようがない。そうなのか。それを許すお母さんもすごいな。

「あの、ルナさんはお勤めですか」

「いえ、学生です」

「医学部ですか？」

「いいえ、獣医の方です」

「ああ、そうか、どことなくてきぱきされてるから医学部かと勝手に思ってました」

「まあ、生物学的には同じですから」

「そうですね。ところで、そのコートとバッグですぐにわかりましたよ」

「ええ、そうでしょう。これもらい物なの。というかお下がりです」

「お姉さんですか」

「いえ、母の」

「わ、若いですねえ、お母さん」

「ええ、まだ三十四歳の時ですから二十年以上も前の話」

彼女はそういうと、バス停に停まっていたバスに乗るからと走り去った。話のテンポが速くて実に楽しい。僕は明日も彼女と会えるかと考えると、なんだか会社に行くのも楽しくなってきた。

その日、会社の同僚と飲んだあと、新宿のゲイバーが立ち並ぶところへ初めて行った。

「ここの女性というか、働いている子はみんな綺麗なんだよ。話も面白くてねえ」

「大体、ニューハーフって男に優しくて、何をすれば喜ぶかよくわかってるからなあ」

「島田は初めてだろ」

「ああ、別に男と話さなくても合コンしてたほうがいいからなあ」

「それはそうだけど、ここの店は面白いぞ」

店の名前は『夜の動物病院』。

店内はクレゾールの匂いがして待合室風。カウンターには白衣を着た医師風の女が。

その横顔はよく知ってる。ルナだった。

「彼女はこの店の看板だよ」

「きれいな男だよ」

「男？なのか」

心臓が口から出そうなほど驚いている僕に、ルナが気づいて笑った。

「いらっしゃい」

「こ、こんにちは」

「奇遇ね。この店に来るなんて」

「ママなんですか」

「まあね。でも、大学行ってるのもホント」

これほど落胆したことは人生で初めてだ。

浴びるほど飲んだ僕は、みんなに置いていかれたようだ。後から聞けば、ルナがここに置いといていいと言ったとか。

冷たいおしぼりを額に乗せられて目が覚めた。

「あ、今、何時？」

「もう四時よ」

「すみません。すっかり寝ちゃって」

二日酔いで激しい頭痛だ。だが、ルナを女性だと勝手に思い込んだのは僕だ。

「本当にがっかりだよ」

「え？」

「ルナさんが女性だと思って本気になっていたのに。勝手にだけど」

「そうなの。嬉しいわ」

「嬉しくなんかないさ！　男じゃないか」

「あら、それが何かいけないの？」

「いけないさ！　いけないだろ？」

「古いのね」

「古い新しいは関係ないだろ」

「さあさあ、これを飲んで」

まるで母親だ。だが、違う。男なんだ。くそ！　この世に神はいないんだな。

飲んだのはしじみの味噌汁。美味すぎる。料理までうまいのか。くそっ！　つまらん！

「帰る」

「また来てね」

「来ないさ」

「バイバイ」

彼女は無駄なことは何も言わない。振り返って文句を言おうとしたら、教科書を開いていた。


こんな女は他にどこにいるんだ！

勉強して、料理がうまくて、余計なことを言わない女。

女じゃないことは大したことではないのか。

僕はもう行かないと決めていたルナの店。


「いらっしゃい」

「この店が面白いから来ただけ」

「わかってるわ」


大木ルナって、本名だった。父親が入れあげたのは男だったようだ。今でいうニューハーフ。母親はその父のためにいつも大きな服を探したようだ。不思議な夫婦だ。だが、こんな息子のことをひとつも変だとは思わなかったらしい。

赤いコートにブルーのバッグ。父が使ったというのが本当のようだ。だが、買ったのは母だったとか。

ルナの話は面白い。

好きか嫌いかと問われれば好きだ。

がくっと来たのは事実だが、この店の雰囲気もルナも好きだ。

客がいるのに解剖の本を開いてるルナ。

男か、女か、それは大きな問題なのか。

とにかく、明日もこの店に来ると思う。

もうすぐ春よ

ブルーの空が心地いい。

昨日までの自分と大違い。

やっと受かった。私立の滑り止め。私が優秀だと思うほど、世の中はもっと優秀な人がいるんだと分かった十五歳。

今までろくに勉強しなかったのに、急に進学校で有名なところを受験したって受かるわけない。今ではわかるけど、あの子もこの子も受けるから私もつい受けた。父はやっぱりなと言い、母はあわてて私立を探した。弟はケラケラ笑うし、おばあちゃんは泣くし。

よかった。この学校のことよく知らないけど制服は知ってる。紺のブレザーにグリーンと赤とグレーのチェックのスカート。胸の赤いリボンが素敵なんだ。

でも、母は可愛すぎて目立つ制服だけど、この学校のレベルは知ってるからもっと地味にしてほしいだって。ふん、娘が入ったのにどうしてそういうこと言うかなあ。

まあ、母だってほっとしてつい言ったんでしょうけど。

地下鉄の駅から徒歩十五分、これって微妙な距離。

長いわよ。朝からそんな距離歩くなんていやだわ。中学校は近かったから自転車で通ったけど、この私立は遠い。仕方ないわ。勉強しなかったんだもん。だって、嫌いなんだもん。中の中の成績では無理って先生は言ったけど、なんとなく予感がしたのよ、入れるって。

父も母も東京育ちじゃないからどこでも同じって感じなのよね。

もともと二人は四国だし、今年の春転勤になったんだし。お金がかかるから塾も行かなかったし、自分たちもそんなものは行ったことがないから、私にも弟にも強制しなかった。中学一年の弟はすぐに学校に慣れてサッカーで走り回ってる。私は勉強がそんなにできるほうでもないし美人でもないから、みんなに憎まれる理由もないので、いじめられることもなかった。

まあ、三年になって転校してきたって、みんな受験に忙しいからそんなことはしないのかも。

びくびくするとなめられるって、おばあちゃんにまで言われて、胸を張って登校したけど誰も私などに興味は持たなかった。

　だから、先生も冬になって進学校を受験すると言った時には、無理だと思うと言いながらも、この子のことはよくわからないという風だった。

　とにかく、今は受かったんだから楽しい高校生活を送りたい。

　朝から母と制服を作りに行った。

　デパートの制服売り場は採寸する中学生でいっぱいだった。

「あ、同じ学校だ」

　私の前に採寸している子は、本当にスタイルのいい子で身長は一六七センチだって。それなのに、ウエストも細い。足も長い。紺のハイソックスが細さを強調する。カッターの襟に赤いリボンを結ぶとスカウトマンがいたらすぐに芸能界デビューしそうだ。

　次に私。一五三センチ。体重は言いたくないけど太ってるわけではない。でも彼女のウエストプラス五センチはある。つまり、スカートは彼女より大きいサイズを注文する。悲しい。

「こんにちは」

　母たちが挨拶を交わす。私はにこっと笑うと、彼女は手を出して握手する。

　握手って初めてで戸惑った。ダンスや、見せかけの仲直りで小学生の時はしたけど、この年齢で握手はしない。

「私、津野村莉子。あなたは？」

「私は浜田美奈絵」

聞けばイギリスで義務教育は受けてきたそうな。あはは、帰国子女。私は四国子女。母音は同じだけど随分違うわね。

イギリス帰りの人と同じ学校なんだ。妙にうれしい。

彼女ははっきりとものを言い、スカートも膝上二センチの長さにしてと細かい。私は膝が見えようが隠れようがどうでもいい。スタイルを変えてくれるなら別だけど。

母たちは話が合ったようで、靴も鞄も並んで買いに行く。私たちもお金を出してくれる人についていくしかない。

「美奈絵でいい？」

「うん、じゃ莉子って呼ぶね」

「ううん、私はリーって呼んで」

そうなんだ。外人っぽいな。なんだかくすぐったい。友達をあだ名で呼ぶことはあったけど、初対面ではなかった。やっと、買い物が済んでみんなでファミリーレストランに入った。

リーは意外と大食漢で、ハンバーグとライス大盛りだって。その注文もびっくりだけど、デザートもケーキ二個食べた。私はお腹いっぱいでパフェを残すと、

「ちょっとちょうだい」

と、スプーンで私のパフェを食べた。

「すごいねえ」

思わず私は感嘆の声をあげた。

莉子の母親は笑いながら、毎度のことよだって。

おかげで、急に仲良くなった。リーは話題も豊富でよく話す。出てくる言葉も辛辣だけど、嫌味がない。こういうタイプの友達はいなかったから、とても新鮮だ。

私たちはメルアドも交換して別れた。

その日から入学式まで毎日メールでやり取りした。

やっと、入学式の日。

私はそわそわしながら地下鉄を降り、母と学校へと向かった。

約束していた校門の前に、リーはいなかった。遅刻しないように急いだから、あと十分あれば来るだろう。そう思い待ち続けた。母は先に手続きをしてくるからと受付へ急いだ。

だが、リーも、リーの母親も来ない。

遅刻しちゃうのに。

「美奈絵、時間よ」

後ろ髪をひかれる思いで体育館に入った。みんな緊張して新品の制服を着ていた。だが、そこにリーはいなかった。昨日までメールでやり取りしたのに。

母のケータイのバイブが鳴った。

母はケータイを持って会場から出て行った。

私は自分のホームを確かめた。リーと同じ三ホーム。だけど、彼女はまだ来ない。入り口を何度も見るけど入って来たのは母だけ。しかも真っ青な顔をしていた。

まさか、リーに何か……。

ドキドキしながらも式は進んでいくので母に聞くことはできない。

式が済むと、あわてて母のもとへ駆け寄った。

「リーは？」

「お母さんと駅前の交通事故で、病院に運ばれたって」

「えっ」

二人で救急病院へと急いだ。私は受付でリーの名前を言おうとしたけど、津野村莉子の名前が出てこない。

「津野村莉子さんです」

母が代わりに言った。私はのどもカラカラで言葉が出ない。

通された病室にはリーが寝ていた。顔も手も傷だらけで、足にはギブスがあった。

あまりのことに涙よりも体の震えが止まらない。新しい制服は切り裂かれ、彼女の包帯は痛々しいだけだ。

「リー」

呼びかけたけど、彼女は麻酔で寝かされていた。やがて、彼女の祖父母がやって来た。リーの父親はイギリスで単身赴任だそうだ。高校からは日本の学校でということで母と帰国したのだという。

これからのリーのことを考えると可愛そうで仕方がなかった。

だが、もっと過酷なことはあの素敵な母親が事故で亡くなったことだった。

地下鉄の駅を上がると、突然、暴走してきた自家用車に二人ははねられたのだ。

その車から降りてきたのは八〇歳の老人だった。自分のしたことがよくわからないようで、病院に来たときは息子さんが支えながらだった。

やり場のない憤りを感じながらもあの日、病室から聞こえたリーの悲鳴は今も耳に残る。

母と自分の右足を失っていた。

私たちは事故以来会うことも、メールをすることもなくなっていた。

リーがどちらも拒んだから。そして、彼女がイギリスに向かったと聞いたのは、半年後のことだった。

高校生活はそれなりに楽しかった。

リーのことはだんだん記憶の箱の中にしまわれたようだったが、忘れたことはなかった。

大学は自分の思いがかなうように、一生懸命それなりに勉強した。そんなある日、メールが来た。

リーだった。

「大学生活を日本で送ることにしたの。会えますか？」

リーはあの高校の門で会おうと言ってきた。あのつらい現実を思い出すのにと心配したが、リーの言うままにしようと思った。

地下鉄をいつも通りに駆け上がると、門で待ってるはずのリーがいた。

パンツ姿のリーは相変わらずスタイルが良かった。

「リー、お帰り」

「美奈絵、お久しぶり」

思わず抱きあった二人。とめどなく涙があふれたけど、周りの人の目も気にならなかった。

「ほら」

リーがパンツの裾を少しめくると、金属の足が見えた。

「あ」

言葉が出ない。

でも、リーはにっこり笑った。

「こうやって見せれるようになったの。だから帰ってきた。美奈絵と大学は一緒に過ごしたいと思って」

「うん」

「日本の義足はすごいよ。私、この足も日本で作ったのよ」

「そうなの」

リーは高校まで走るって。

高校のテニスクラブで鍛えた私だって負けないわ。

走り出したリーは私より速かった。

そしてまぶしかった。

振り返った笑顔はリーのお母さんそっくりだった。


「青い空とはじけるような笑顔、空から見えてますか」

私が叫ぶと、リーが泣きじゃくりながら抱きついてきた。

私、明日からリーに勉強習います。彼女、推薦で受かってるの。

出世の石段

朝からいやだわ。

何がって。

就職試験の不合格通知が届いた。

腹が立つわ。私の何が気に入らないの。さすがに入社試験が三十を超えたあたりから反省というものは消えたわ。

だって、落とすほうが悪いのよ。そんな気にもなるわ。ベッドから下りてコーヒーを淹れる。今日は休み。ちょっと神社へ行ってくる。入社もしてないけど、出世の石段よ。

暑い中あの出世の石段で有名な愛宕神社で、転びそうになった私を誰かが助けてくれた。

若いんだから一息で休まず上がってしまおうと駆け上がったが、サンダルのフックが外れてバランスが崩れたのだ。

「きゃあ」

「大丈夫ですか」

「あ、すみません。サンダルのフックが外れちゃって」

「この石段から落ちたら命はありませんよ」

「本当に助かりました」

にこにこと笑っていた彼はとても精悍な顔つきで、恋をしたのは私が先だった。

「あなたはジョギングですか？」

私は彼のスポーツウエア姿を見てそう言った。

「いえ、ジョギングに毛が生えたようなもんです」

「え？」

思わぬ言い回しに好感が倍増した。

「あなたは？」

膝で切り落としたジーンズにボートネックのTシャツ姿の私を見て、彼は面白そうに尋ねた。

「ええ、私も散歩です」

「この階段を散歩とはすごいですね」

「はい、必死の散歩です。あ、私は室井リナといいます」

「僕は今村俊夫です」

その日は、二人で近くの喫茶店でアイスクリームがたっぷり入ったコーヒーフロートを食べた。

彼は旅行会社に勤務していて、私はまだ大学四年生だった。内定をもらえずにイライラしていた私は思い立ってこの出世の石段に来たのだった。いいご利益があると信じていたが、こんな素敵な人に巡り合えるなんて予想もしていなかった。

地下鉄の神谷町まで二人で並んで歩く。自然と会話が進む中、次回の約束をしたのは自然な流れだった。だが、彼の仕事は添乗員だから忙しく、次回は三週間後の金曜日となった。その間も私は会社の内定をもらおうと、毎日リクルートスーツを着て走り回った。彼に早くいい仕事が見つかったと自慢したかった。

だが、世の中はそんなに甘くない。

その間も私の就職は一向に決まる気配がなかった。三週間後、またもや愛宕神社の近くの喫茶店で出会った。なぜここなのかというと、やはり仕事を探している学生と飲み歩くわけにはいかないということらしかった。私はかえって誘ってほしかったのに。

「やあ、元気だった？」

「全然だめ」

「どうしたの、元気そうなのに」

「体は元気だけど心が崩れ落ちそうよ」

「これお土産」

見ると、可愛い小さな袋。

「どこに行ってたの？」

「イギリス」

「わあ、いいなあ」

「仕事ですから」

「だけど、イギリス行きたいなあ」

「今ならオリンピックも終わったし安くなるよ」

「ダメよねえ、就職も決まらないんだから」

そんな私の言葉を遮るように、袋を開けてみてと促した。

小さな巾着からは琥珀のペンダントが出てきた。黄色の琥珀が透き通っていて、笑ってる彼の顔が見える。

「きれいねえ。それに大きいのね」

「うん」

「素敵、どうもありがとう」

私は早速、つけてみた。今日の黒のサマーセーターにもよく似合う。

「とてもいいよ」

「ホント？」

なんだか恋人にプレゼントを貰った気分。恋人ではないのかな。

「今日はこれからどうするの」

「映画はどうだい。僕は飛行機で見るぐらいだから」

「私も最近全然見てないから賛成！」

二人で並んで歩くが手を組むのも恥ずかしいし、かといって並んでいると肩が微妙に触れて変な気分。

彼の話は楽しくて、ツアーでの失敗談や観光地でのお得な買い物など興味が尽きることはない。それでも、ときどき私の方に向いて、いろいろと聞いてくれることはうれしい。なんだかお兄さんみたい。彼は妹のつもりかなあ。

映画はスパイ物で大アクションの連続。キャーと館内の女性たちは時折声を上げる。私と言えば、声も出ないほどに必死になって見ていた。ついに絶体絶命の危機に主役が直面すると、ヒッと声が出た。

終わってからは彼は私の声について大笑いした。

「キャージャなくて、ヒッなんだもんな」

「いいじゃないの」

あんまり大笑いするものだから、私までつられて大笑い。とても楽しくて久しぶりに声を出して笑ったことに気付く。

「こんなに笑ったの久しぶり」

「僕もさ。君といると楽しいな」

そう言われると嬉しくて、顔がほころんでしまう。そのあとは映画館の近くのレストランに行く。

「私、もうお酒も飲めます。二十二歳ですから」

「ああ、若いなあ。僕は三十四だから。一回りも違うんだね」

「でも、もう大人です、私」

そう言うと彼はちょっとドキッとした顔を見せた。

「そうだよね、でもこんなに年齢が違うんだね。同級生とは飲みに行くの?」

そんな言葉は期待してない。

私は精一杯背伸びをした。

「居酒屋だって、ビアレストランも、屋台だって行きます」

「そうか、では今度は飲みに誘っていいのかな」

「もちろんです」

私が背伸びしているのは十分お見通しのようだけど、私は次回の約束をすることが嬉しかった。

「今度も一か月ぐらい先ですか」

少しぶっきらぼうに聞いてみた。彼は手帳を取り出した。

「二か月先しかないなあ」

「えっ、そんなあ」

すると、彼はこう言った。

「ようし、こうしよう。ゆっくりはできないけど、今週末は夜に解散して翌朝仕事なんだけど、その時でもいいかな」

「ええ」

「午後九時ころなんだけど大丈夫かな」

「はい、何時でも」

思わず言ってしまった。

これでは私が熱を上げていることが丸わかりじゃないの。

彼との時間はあっという間に過ぎて、私はもっともっと一緒にいたかったけど、明日も試験があるんだろうと言われて、ついに新宿南口まで送ってこられた。

「じゃ、土曜日に」

プラットホームに彼を残し、私の電車が発車。だけど、次の駅で人身事故のため電車がストップした。

「あーあ」

乗客たちはぶつぶつ言いながらケータイを取り出してメールを打ったり読書したり。私は空いていた席に座り、ぼーっと琥珀のペンダントを見つめていた。彼はどんな顔をして買ったのだろうか。私のことを考えてくれていたことが嬉しい。

ふと、着信が鳴った。私たちは今日初めてメルアドの交換をしたのだった。

『あのね、ペンダントの袋を見て』

えっ、俊夫さん?

あわてて袋を取り出そうとするが、バッグの中がごった返している。

「もう、いやになる」

やっと見つけた。何があるんだろう、ドキドキしながら袋を取り出す。

小さな袋の中にもう一つ袋があった。それは一センチ四方くらいの小ささで気づかなかった。

クリアビーズでできた十字架のリングだった。大きな琥珀しか気づかなかった私。こんな素敵な指輪が入ってたなんて。

「でも、小さい。ピンキーリングなの？」

小指以外は入らなかった。

『それは願い事をかなえる指輪だそうだ』

『小指にしか入らないけど、今日から願い事を聞いてもらえるよう指輪を外さないわ』

『では、またね』

『今、どこですか』

『まだ南口』

『待ってて』

そう打つと電源を切った。ダメと言われるのが嫌だったから。幸い地下鉄は動き出して、すぐに隣の駅で下車して乗り換えた。

南口の改札口まで走った。出世の石段を駆け上ろうと計画するだけのことはある、私の体力。

今日はヒールなのに走れる。ピンキーリングのおかげ。

「いた」

走って来る私を見て、彼は笑っていた。

「ママはグリコみたいだったよ」

彼は娘にそう言う。

そう、私たちは結婚して八年。娘は今六歳。

名前はこはく。ひらがなでこはくなの。私の仕事はジョギング用品を製造するメーカーで就職したわ。今では営業の主任。

そう、わが社のシューズは履き心地満点よ。いいから一度使ってみて。

出世の石段も駆け上がるわ。

ある日の出来事

これだけ雪が降ったのは何年ぶりだろうか。

昨夜から嫌な予感はしていたが、こんなにも降るとは思ってもみなかった。しかも今日に限って私が日直。高校生なんだから小学生みたいなことはさせないでと思うのだが、わがクラスの担任は聞く耳を持たない。

黒板消しをきれいにして、今日の日付と日誌を書く。そして今日の一言を決めて後ろの小さな黒板に書く。人によっては詩や歌詞を書いたり、四字熟語を記す者もいる。結構気に入ってるの、この日直の仕事。

私はどんな言葉を書くか迷ってる。


地下鉄の駅まで兄と一緒に行く。

兄は大学三年生。高校生の時は剣道部ではかま姿がかっこよかったけど、今はなぜか山岳部。山なんか一回も登ったことがなかったのに。

「おい、急がないと」

「お兄ちゃんはどうして滑らないのよ」

「ほら、スパイク履いてきた」

「あ、ずるい」

近所の靴屋が朝から店を開けている。

「おはようございます」

「おはよう」

「今日はお店開けるの早いんですね」

「ああ、今日は長靴が売れるからね」

「あ、なるほど」

靴屋のおじさんは、最近は学校指定の運動靴くらいしか売れないと嘆いていたが、こういう時は雪がいいみたいね。

私は母の花柄の長靴を借りてきた。いつもはバカにしていたけど、確かに長靴は滑らない。それでも、スパイクには負ける。悔しい気分。

駅の前では何人かがすってんころりんと転んでいる。

危ないなあ。

あの盲人用のポツポツした歩道が特に危ない。これって障碍者にとってもとても危険なのではないかしら。杖も滑りそうだわ。

ほら、横断歩道でも転んでる。と、よそ見していたら、私にぶつかって来た人がいる。

「あああ、ごめんなさい」

背格好は私ぐらいだけど、パッチリ二重でローズの口紅がよく似合ってるきれいなお姉さんだ。

「いえいえ、大丈夫ですか」

私は彼女の革靴が滑ってるとすぐわかった。

「今日は成人式だから。でも、このヒールが」

「あ、スカートが濡れちゃいましたね」

兄がこの時とばかり、ナップサックからタオルを取り出して渡している。そうか、今日は成人式だ。この雪の中、晴れ着の人がいたのはそのためか。でも、この女性はハーフコートの下はスーツでしかもヒール。

「ブーツがあったんだけど、これよりも高いから今日は危ないと思って」

「その靴では会場まで行くのは大変ですよ」

すると、兄は私に向かってこう言った。

「おい、その長靴貸してやれ」

「えーっ、私はどうするの？」

「俺のスニーカー貸してやるから」

とんでもない話だ。だが、兄はまるで魔法のようにナップサックから汚いスニーカーを出してくる。

「お兄ちゃん」

思わず泣きそうになった。妹に兄の臭い汚いでかいスニーカーを履けというのか。

びっくりして彼女が断っている。

「そんないいです」

「お兄ちゃん、そんな他人の履いていた長靴なんて」

「あ、そうか。じゃ、ちょっと待ってて」

「お兄ちゃん、私学校！」

彼女は恐縮してしまって、大丈夫ですからと言いつつ、歩きだしたら今度はもっと派手に転んでしまった。しかも、ゴツンと、鈍い音がした。私は早く貸してあげたらよかったと後悔した。

「う、頭が」

起き上がった彼女は頭から流血。

本当にすごい成人式になりそうで、思わず私と兄は顔を見合わせた。病院に連れて行かなければ。

「すみません、すみません」

彼女は申し訳なさそうに言うけど、私は大雪で遅刻はきっと許されると思っていた。また、このような事情を聞いたら、担任だってきっと許してくれる。

「さあ、僕の背中に」

「いえ、とんでもない」

「早く！　あなたが歩くとまた怪我しますよ。僕は山岳部ですから。それにスパイク履いてます」

私も彼女を促して、兄の背中に乗せた。

兄は彼女を背負うと近所の病院に向かって歩き出した。兄の荷物と、彼女のハンドバッグ、そして私のカバンと、長靴の私とはいえ、すごい荷物。兄はかっこよく女性を背負っていくけど、妹の私は絵にならない。

病院ではすでに転んで怪我した人が二人いた。一人は腰を打ち、もう一人は転んで支えた手首を骨折したようだ。大雪とは恐ろしいものだ。

受付で彼女はケータイを開いた。

「あの、今日はお礼ができないので、せめて電話番号と名前を教えてください」

兄はいいですすと言っていたが、彼女の美しさに負けたのか、ぺらぺらと教えている。

これだからなあ。しかも、私の花柄の長靴を脱がせた。

「これ、使ってください」

「そんな申し訳ないです」

私だって、いやだけどこの場合は仕方ない。

「いいんです。気を付けて」

私たちはまた、地下鉄の駅に向かった。彼女はいつまでも頭を下げていた。いい人なんだと思った。

地下鉄まで遅れていて、私たち二人は冷え切っていた。

「おい、学校だってないいんじゃないか？」

「どうかなあ」

「あそこのドーナツ、おごってやるから食べるか？」

「うん」

もう、学校はゆっくり行こう。駅地下のドーナツショップで兄と二人でこんなにのんびりとドーナツとココアを口にするのは久しぶりだ。

「お兄ちゃん、ケータイ鳴ってるよ」

「お、そうだな」

「誰だろう」

兄は首をかしげながら話す。

「もしもし。あ、あなたですか。傷は大丈夫ですか」

もう、声が一オクターブくらい上がってるわ、お兄ちゃん。

「日曜日ですか？　そんないいのに」

嘘ばっかり。

「では、ハチ公前で」

ほらね。


結局、兄はとてもいい人と巡り合えたみたいだし、私はあの善行（？）を担任に随分と脚色して伝えたらとっても褒められた。しかも、彼女が学校に電話してくれて、校長先生にまで呼ばれて褒められることになった。

来週の校内放送で全校にこの善行を話すとか。

いや、なんだか得した気分。

日直の言葉は一日一善と書いた。

これだわ、やっぱり。

兄貴はスター

もうそろそろハクモクレンの花が咲きそうだ。

「お父さん、この服を着ていくんでしょう？」

母は、兄の結婚式の準備に余念がない。

父はそんな母の様子を横目で見ながら縁側で爪を切っている。

「肝心の主役は散髪したかな」

「ええ、本当に嫌になるわ。明日なのに間に合うかしら」

兄は大阪の支店に配属になっている。私たちももう三十分ほどで地下鉄に乗らないと間に合わなくなる。

「ねえ、早苗さんはもうホテルにいるの」

「それはそうよ。お嫁さんは準備がたくさんあるんだから」

「いいなあ、私も結婚しようかなあ」

「おい、相手がいる話なんだぞ」

「お父さんって意地悪ね」

鼻で笑う父が憎たらしい。

「あいた！」

「ほら、ばちが当たった」

足の親指の爪が思いのほか切れたようだ。巻き爪は私も同じ。父譲り。似なくていいところばかりが似る。父は小学校の校長をしている。母も昔は教師だったが、兄の三歳下に生まれた男の子がわずか三か月で突然死し、体調を崩して退職したのだ。

こんな元気な妹がその四年後に生まれるとは思わなかったそうだ。おかげで兄と私の年の差は七歳。喧嘩にもならなかった。

兄は石原裕次郎に憧れた祖母の願いで裕次郎と名づけられたから、随分と友人たちにからかわれた。何しろこの裕次郎は足も長くなく、お金はなく、女にモテない真面目な優等生だったから。だが、性格の穏やかな兄はあの裕次郎とは別の意味で人気者だった。

高校三年の時は、クラス対抗合唱コンクールで指揮者となったが、誰も真剣に歌わないので、自分がボイストレーニングとやらに通って、見事な歌声を指揮をしながら聞かせた。さすがにその熱意にほだされていつの間にかクラスメートは兄のペースにはまっていた。

親友の菊池君はいつも面白がって私にそんな話を聞かせてくれた。だから、私にとって兄は尊敬にも似た気持ちがあった。

早苗さんはその兄と同級生。兄も早苗さんも高校時代は付き合うなんて考えられないほどのまじめ人間だったらしく、周囲はカップルがどんどんできたのに、二人は生徒会での話し合いしかせず、デートすらなかったらしい。大学は早苗さんが愛知に行き、兄は東京だったからそれぞれ大学生活をエンジョイしたようだ。

そんな二人がまた巡り合ったのは就職活動。東京で就職しようと早苗さんもいくつかの会社訪問をしていると、そこに現れたのが兄。二人が夢を持っていた会社の入試は片っ端から不合格。そのうちに兄が菓子メーカーに内定し、早苗さんは失意のどん底。そんな早苗さんをメールで励ましたようだ。早苗さんが内定をもらったのは卒業間近の三月だった。

決まった知らせを告げた途端、泣いたのは兄だった。

「よかったね」

そう言いながら泣いた兄に、早苗さんは究極の優しさを感じて、すぐにデートを申し込んだそうな。この二人、ホントにまじめで変。

二年の交際を経て、兄の転勤が決まり、早苗さんも遠距離恋愛がつらいとトントン拍子に結婚が決まった。兄は完全に主導権を握られているようだが、幸せそうなので妹がいろいろ言うことはない。

「結納は？　指輪は？　新居は？」

母がいろいろとせっつくが、金などまだ全然たまってない二人はまず同棲から始めた。

「なんで、結婚も了解しているのに同棲なのよ」

母はこの二人の行動がよくわからないようだが、父は二人が決めたことに何も言うなよとくぎを刺す。

「私もまた大阪で就職を探さないと、裕次郎さんのお金だけでは二人の生活はできませんから」

なるほど、早苗さんの言うとおりだ。

「ほらね、ずっと二人の方が先を見てるさ」

父は笑っていた。

早苗さんは前の会社の経験がものを言って、不動産会社の営業に採用されて大阪で勤務。二人は仲良く御堂筋まで地下鉄通勤している。二人が働いても貯金はそうできた様子にも見えないが、二人の生活はできそうだとついに結婚式をすることになった。大阪に来て三年目。二人も二十七歳になった。

「おめでとうございます」

受付にいるのは親友の菊池君と友人たち。

「美佐ちゃん、すっかり見違えたよ」

「あら、それってどういう意味」

口をとがらせながらも悪い気はしない。菊池君は東京で父と同じ校区の小学校に勤務している。先日、私も来年は教育実習を受けるのでご挨拶に行った。

「美佐ちゃん、学校は楽しいことばかりじゃないけど頑張れよ」

彼の働く姿はとてもすがすがしくて、着飾った姿を見せるのは緊張した。

「馬子にも衣装っていうが、なかなかのもんだな」

口の悪い裕次郎は、妹の振り袖姿をからかった。みんなで早苗さんの控室に向かった。

ドアを開けると、そこには純白のウエディングドレスの早苗さんが座っていた。スタンドカラーで髪をアップにした早苗さんは小顔で、眼鏡からコンタクトになって本当にきれいだった。

「まあまあ、こんなきれいな花嫁さん、見たことないわ」

母はなぜか花嫁の母にでもなったように、涙声になっていた。早苗さんの両親も嬉しそうに目を細めてその様子を見ていた。

父はカメラを持ち続けて、ホテルの人が預かりましょうと言っているのに写しっぱなしだった。

それもそのはず、実は涙もろい父はカメラを使うふりして泣いていた。

二人の小さい時の写真が出ると、それには驚かされた。

兄は亡くなった弟と写ってる写真をスクリーンに出した。弟は哲也といった。裕次郎の次に出てきた俳優の名前だった。

母は涙が止まらないようで、肩を震わせていた。父は暗い会場でカメラのファインダーを覗いていた。

哲也を抱きしめてる兄は得意そうで、お兄ちゃんになったんだと弟のほっぺにキスをしていた。

私もこのスクリーンに出てくることはあったが、哲也という兄の存在を今までほとんど感じなかったから、とても不思議な感動に満たされていた。

兄がどんなことを考えながらこの写真を選んだのか、早苗さんにどう話していたのだろうか。

さすがに花束贈呈ではカメラを取り上げられた父は、泣いた顔を花束で隠すしかなかった。

翌日、二人に見送られ私たちは東京まで帰って来た。新婚旅行はハワイへ夏に行くとか。そう、お金がないみたい。旅行代くらい出してやると父は渡したのに、兄は自分たちで貯めてから行くといい、父の出した金は早苗さんが新居の取得費用に貯蓄するって。

羽田で京急の地下鉄に乗り込んだ私たちは、昨日の結婚式で映し出された哲也のことを考えていた。

「哲也が生まれて本当に喜んだのよね、裕次郎」

「ああ、可愛くて可愛くて、幼稚園から帰ると真っ先に哲也にキスしに行ってたな」

「忘れることはなかったけど、あの場所で出るとは思わなかったわ。あの時からひと月入院したんだったわ」

「ああ、裕次郎と二人で君を待ったさ。さびしかったなあ。だが、今は哲也も喜んでるさ」

両親は寄り添って生きてきた。

兄も突然に愛する弟を失った悲しみはどんなだったろう。今では想像もつかないがその頃の寂しさを忘れなかったんだろう。

ふと、着信の音がしてケータイを開くと兄からだった。

「お疲れ様。ありがとう」

幸せそうな二人の写真が添付されていた。

大きなスマホの画面を両親に見せると、母が笑いながらこう言った。

「裕次郎に哲也。おばあちゃんは哲也が早く死んだから美佐の名前を付けようとはしなかったのよ。だから、お父さんが付けたのよ」

「そうなの？　お母さんが美紀で私が美佐か。もうちょっと考えてほしかったな」

「いい名前だわ」

ふと、母が地下鉄の中に貼られてる週刊誌の見出しを見た。

「男の子ができたら、拓哉にしようかしら」

「おいおい、またスターにするのか」


私は兄にメールする。

『お兄ちゃん、お母さんがもう孫の名前を拓哉にするって言ってるわよ』

返信には怒った絵文字があった。

本八幡で会いましょう

先ほどから雪がちらついているのが窓から見える。ここは本八幡の駅近くのビジネスホテル。東京に住んでるけど今日はここへ来たかった。

二階のレストランで朝食を取った。

「洋食、和食、中華どれになさいますか」

昨日ホテルに着いたときにそう聞かれて、朝から中華を食べる人がいるのかとちょっと驚いた。でも、感じのいいホテルマンがにこやかにそう聞くから、私もにこっと笑いながら洋食でとお願いした。

卵二個は使ってると思われる大きなオムレツ、ウインナー、スパゲッティ、サラダにニンジンのプディング、ロールパン、オレンジジュース。すごいボリュームだ。

「コーヒーはあちらに置いてあります」

あとで好きなだけ飲んでいいのか。

こういうのはいいわよね。

どこでもいいとこのホテルに決めたわけではない。新宿からそう近くもなくおしゃれでもない庶民的なホテル。ここは彼と住む町だった。駅の近くにあるのはここだけだった。


もう五年になるだろうか。

私たちは会社で知り合い、やがて同棲し、そして結婚を誓い合った仲だった。

でも、そんな私に会社で初めての女性課長の出世の道が開けたのだ。

「木村君、君がプロジェクトリーダーとしてやってみなさい」

上司から与えられた仕事はやりがいがあり、必死で取り組んだ。彼はそんな私を応援すると言ってくれていたが、私の帰りが遅いと不機嫌になり、ついに部屋を出て行った。それでも、土日は時間を作るようにお互い努力したが、同じ会社で一人が認められ、もう一人は認められないとなると心穏やかに過ごせるわけはない。二人はとっても若かった。

初めはよき伴侶と思われたくて無理していた家事だが、そのうちに何で私が洗濯物を畳まないといけないのとか、掃除ぐらいしなくてもいいでしょとか、つっけんどんな物言いをする女になっていった。彼は協力的なはずだったが、忙しいの一言で済ます私にイライラして終いには出て行って飲んでいた。

お互いに気まずい住まいには帰りたくない。

大事な話し合いをする間もなく、お互いが避けていったのは究極の別れが怖かったからか。

あれから、彼は転勤となり関西に行った。

私の携わったプロジェクトは商品が売れず、いつの間にか私自身も気が付けば子会社に出向となっていた。彼の働きぶりは関西で一番の支店を任されるようになったと広報で知った。

本八幡から都営新宿線で新宿まで通っていた。二人で飲んで終電に駆け込んだのは同棲を始める一週間前だっけ。

頬杖をつきながらホテルの窓から見える彼と暮らしたアパート。

仲のよさそうなカップルが階段を下りてくる。あの頃の私たちみたい。

仕事をしながら失ったものは多い。だからと言って働かなければ暮らしてはいけない。田舎に帰ったところで就職口はない。私が大学卒業の年に父は脳溢血で亡くなった。寂しかった母は帰ってこいと電話をかけてきていたが、結婚した兄夫婦と一緒に暮らし始めてからは言わなくなった。

私はふと懐かしい思いで母に電話をした。

「母さん、私」

「ああ、元気にしてるの？」

「うん、メールでもしてくれればいいじゃない」

「それがなかなか覚えられなくて。それに下の孫の送り迎えで忙しいの」

「ふーん、そんなことしてるの」

「ええ、二人とも勤めているから孫の子守で大変よ。あ、お兄ちゃんがもう帰って来たわ。おやつは冷蔵庫よ！」

私と電話してるのに、心はここにない感じね。

「また、電話する」

「あ、そう？　じゃね」

母の時間は兄たちと動いているのね。生き生きしている様子が目に見えるようだわ。母が一人でなくてよかったわ。一緒に暮らしてくれる兄たちに感謝の気持ちもわいてくる。

私は一人の時間がつらいかと聞かれれば、確かに今はそう。でも、誰かと暮らすって大変なこと。彼と今ならうまくやれたかもしれない。五年の月日が流れたのだから。

ケータイの着信音が鳴る。顔が引きつる。そのナンバー。

「もしもし」

忘れもしないその声。

「今度東京へ戻れることになったんだ。というか東京駅にいるんだ」

「そうなの」

ドキドキして声が震える私。

「あの、率直に言うよ。今、誰かと付き合ってる？」

「ううん、あれからずーっと一人！」

思い切り大声で答える私。

「ああ、よかった。かけるのにも勇気がいったよ。今からどこかで会わない？」

「うんうん」

言葉にならない。涙がこぼれて鼻水もたれてくる。

「本八幡のあの店、まだやってるかな？」

「ええ、のれんがぶら下がってるのが見える」

「今どこにいるの」

「本八幡のホテル」

彼は大声で笑いながら今から行くからと電話を切った。

うまくいくかわからないけど、それでも今は会いたい。
素直に話をしたい。

ホテルのフロントに電話をする。

「もう一泊できますか」

頬に傷のある男

「陽菜(ひな)」

後ろから豪(ごう)が呼ぶけど振り向く気にもならない。

いつものことだ。

「さっきから電話が鳴ってるよ」

「いいんだ」

彼が浮気をすると私の前で電話に出なくなる。

そういえば先月からデートらしいデートはしていない。

間に合ってる。

そう言いたいの？

このどうしようもない男と付き合って半年。地下鉄の中で毎朝新聞を読んでるからもっとましな人かと思ったのに。今時スマホでなくて紙の新聞を広げて読んでいるから妙に親近感があった。

私は新聞が大好き。

田舎の家でも両親が毎朝新聞を広げて、声に出しながらニュースの交換をしていたっけ。学校でも新聞を工作で使うからというと、班の人数分を持って行った。班の中で紙の新聞を取っているところはうちだけだった。

「悪いねえ、陽菜ちゃん。学校も一紙しかないから。先生も持ってくるけど」

「大丈夫。うちは二つ取っていて溜まって困るって言ってるから」

「昔と違って今はパソコンで読む人が多いから」

「私ね、あの新聞の匂いが好き」

「先生もよ。やっぱり毎朝新聞を手にしたいもの」

担任の松田先生は怒るととても怖いけど、子どもの気持ちのよくわかる先生でみんな大好きだった。叱られてもついていくのは人情味のある先生だったからだ。

小学校を卒業して十五年。

松田先生の年齢はあの頃三十四って言ってたから四十九か。どうしているかなあ。

今の私の生活を知ったら、なんて言うかしら。

「陽菜らしくないよ」

「もっとほかのいい男を探せ」

そんな言葉が返ってきそうだ。

「でも、仕方ないよね、好きなんでしょ」

そう言われる気もする。


「おい、陽菜。ちょっと聞けよ」

追いついた豪の手が肩に置かれた。

「なあに。今日は早く行かないと」

「彼女は関係ないよ。ただの同僚だ」

「ふーん、そんなこと私と関係ない。私も彼女じゃないし」

「なんだよ、ひねくれるなよ」

「別にひねくれてないわ。ただ、もう疲れたから距離を置こう」

「どういう意味だよ」

「あ、新聞買うから」

「俺も」

二人でコンビニに入り経済紙を買う。

「無駄だよなあ。同じものって」

「だって、行く先が違うんだもの。あなたが換えたら」

「陽菜こそ会社で読む暇ないんだろ」

「連載読みたいもん」

「俺も。朝のこういう話好きなんだ」

「私も。でも、やきもきするのもう嫌なの。じゃ、ここで」

豪は反対側のホーム。

二人の視線が交錯しながら電車が入る。

ドキッとしたのは、豪の後ろの女性が彼に抱きついた。


「豪」


電車の中で心臓が止まりそうなほどどくんどくんと鳴っている。

「今のはなに？　誰？」

どうして抱きついたの。あんなに大勢の人の前で。

会社に行っても落ち着かない。メールも電話もない。こちらからは絶対にしない。

だが、仕事をしていてもぼうっとすることがあり数字を打ち間違いしたりして散々な日だった。

今日に限って残業もなく会社を出たら、やっと電話が鳴った。豪だった。

「もしもし」

「え？　どなた？」

声が豪とは違っている。

「このケータイは被害者の佐々木豪さんのケータイですが、警察のものです。今朝女性に刺されて現在意識不明の状態です。ご実家の方は持っている免許証から調べましたが、……」

被害者？

意識不明？

朝の抱きつき女は豪を刺したって。

あわてて病院へ転びそうになりながら走った。

救急病棟の豪は血の気がなく、真っ青で頭まで包帯していた。優しそうな顔には無残にも頬に突き刺された傷跡があった。

「精神状態が不安定な加害者で、現在警察でも調べていますがストーカー被害にあっていたそうです」

「え？」

「以前から佐々木さんに一方的に好意を寄せていたようで。佐々木さんが困り果てて警察に来たのは昨日です」

「全く知らなくて」

そこへ彼の上司がやってきた。

「田中陽菜さんですか」

「はい」

「私は佐々木君の先輩の山中と言います。今回は千田が大変なことをしてしまい会社としてもできる限りのことはしたいと思っています」

山中さんの話によると、新入社員の世話係として豪が担当していたが、彼女にしてみると自分にだけ豪が優しいと勘違いすることが度重なり、困った豪が山中さんに相談をしていたようだ。

特に家を探し当ててストーカーのようになり、部屋に入れることはしなかったが近所から苦情が来るほど彼女のドアを叩く音が止まらなくなっていた。

身の危険を感じだした豪は山中さんと警察に相談に行ったという。

「会社でも病気なら解雇ということを簡単にはできず、とりあえず警察に相談をしに行ったんです」

「私全然知らなくて、一緒に暮らしてはいないので」

なんということだろう。

お人よしもいい加減にして、豪。

生きてて。

神様、勝手な想像をした私を許して。

助けて。


彼のご両親も上京してきた。

「あなたが陽菜さんですか」

「息子が結婚したいっていうものですから、私たちもいずれご挨拶に伺おうと思っていた矢先に」

結婚のけの字も言わなかったじゃないの。

涙が止まらない。手を握ってくれたお母さんの声が震えていた。

「陽菜さん、きっと豪は大丈夫ですから」

両親は豪の変わり果てた顔をさすった。

「顔まで刺されて。可愛い笑顔の子だったのに」

「お医者さんが心臓はわずかに外れているからと。でも肺まで刺されているから」

彼の呼吸音だけが病室に流れていく。

やがて二日目の夜が来た。

豪の手が動き目が開いた。

「豪、大丈夫」

じっと私を見ると豪が言った。

「誤解されたままじゃ死ねないよ」

「バカ！」

両親がよかったよかったと言って豪の足や手をさすっている。


あれから一月。病室で二人たまった新聞を読む。

「あなたの名前が出てる」

「ストーカー、男性被害ってか。かっこ悪いな」

「その通りよ」

「彼女は病院か」

「うん、判断がそうなるみたいね」

「こっちの週刊誌の広告はえげつないことが書いてるぞ」

「大丈夫よ、会社も分かってるから」

「あーあ、変なことで有名になったなあ」

「ホント」

「有名人と結婚したくない？」

「え？」

「ストーカー被害の男性と結婚する勇気ある？」

「ない！」

すると、彼の刺し傷のできた顔がゆがんだ。

「こんな顔に刺し傷のあるやくざと結婚してくれないと怖いぞ」

「そうね、結婚してほしい？」

「お願いです。してください」

顔に刺し傷のある人を連れて田舎に帰ったら、両親はひっくり返るかもしれないわ。

でも、決めた。

豪はいい人よ。


そっと唇にキスをする。

松田先生、顔に傷ある男と陽菜は結婚します。

何かお困りですか

便利屋　林原郁夫です

ここは閑静な住宅街。

子どもたちがランドセルを背負って登校した後、こういう住宅街に出勤する男がいる。

男は六十五歳の林原郁夫。今日も九時半に家を出る予定。

「厚生年金があるからいいけど、昨日は稼ぎゼロだったな」

「いいのよ、ありがとう。私も少しだけど掛けてた保険があるから大丈夫よ。お互いに国民年金も入るわ」

「じゃ、行ってくる」

昔から手先が器用で家の網戸は自分で張り、トイレや台所の水回りの不具合もすべて直してきた。こんな仕事がしたかったのだが、会社は製薬会社の営業だった。

各病院をくまなく歩いて、医師や看護師と近づけるようにいろいろと努力してきたが、生来人付き合いが苦手で成績はいつも中の下。後輩が次々と出世していくのをそういう人もいるのかと、羨ましがることもなく淡々と過ごして定年まできた。妻はそんな出入りの薬局にいた受付の女性。愛想がいいわけでもなく自分とよく似た感じの女性に心惹かれ、初めてのデートは美術館だった。

しかもその日の展示は常設展だけだった。それが宮大工の粋を集めるとかの写真展で普通はがっかりするところだが、この二人は穴が開くほど写真を眺め話に花が咲いたのだった。

「こういう屋根の木の組み合わせがすごいわね」

「すごいよな。今度これらを見に行きませんか」

「わあ、私もこういう神社やお城大好きなんです」

二人のデートは静かな神社や寺の境内と続き、結婚は質素な神社で親と兄弟だけだった。披露宴も近所の旅館で開かれた。会社関係はお互い誰も呼ばなかった。仕事と家庭は切り離して考えていたかった。会社で叱責されながら呼んでも、きっと本当のことは言わずに歯の浮くようなお世辞は祝辞ではないと考えていた。子宝は恵まれなかったが夫婦は仲良かった。両親は二人がそれでよければ何も言うことはないと、孫を欲しがるようなことは言わなかった。武骨な親だがデリカシーがあったんだと今は思う。

電車の運転士をした父と専業主婦だった母。これまた無口な四つ違いの兄。高校の社会の教師で義理の姉も養護教諭。定年になってからは二人でよく旅行しているようだ。うちと違って共済年金はいいようだな。甥と姪はそれぞれ親と同じ教師になった。

小さな公園の入り口で、老婦人がため息をついていた。手押し車が動かないようだ。

「どうしましたか」

「この車が動かないのよ。荷物は持てないし困ったわ」

「どれ、ちょっと見てあげましょう」

林原はリムのところに小さな枝が絡まっているのが目についた。枝だけでなく糸もあり、今まで手入れせず使ってきたのだろうということは容易に理解できた。きれいに取り除くとすぐに動くようになった。

「これで大丈夫ですよ」

「まあ、ご親切に。手も汚れてしまってすみません。近くですからお茶でもごちそうします。さっきおまんじゅうも買いましたから」

「いえいえ、それには及びません。簡単なことですから」

「そんなこと言わずに寄ってください。私、最近は話し相手がいなくて」

少し林原は考えたが、この老婦人の気持ちもよくわかり、お邪魔することにした。

老婦人の家はとてもしゃれた家だった。バラの花が門に絡み付いてまるでイギリスの庭園のようだ。行ったことはないが写真でよく見る。

「大きな家ですね。お一人ですか」

「ええ、家なんか大きくなくていいのに、若いときは気づかないのよ」

ドアを入ると、まるで美術館のような大理石の彫像や大きな時計が目に入る。ムートンのスリッパを勧められて履くとふかふかと気持ちがいい。

「はい、そこへ座ってください」

調度品も猫脚の高そうなものばかり。医師の家もいろいろ行ったがこの家ほど立派なお宅にお邪魔したことはない。

ロイヤルコペンハーゲンの皿が壁という壁にズラリと並び、コーヒーカップの隣にはバカラのグラスが並んでいる。

「どれも素晴らしいものばかりですね」

「そうですか、主人が好きで集めたものばかりです。もう四十年くらい前の話よ」

「ほう、奥さんはおいくつなんですか、あ、失礼しました。お年を聞いてしまうなんて」

「いいえ、私は八十九歳。米寿も過ぎて卒寿ですよ」

「見えませんね」

「だめよ、嘘言っても。おばあさんはおばあさんです」

林原は口下手の自分を恥じた。もっといいことを話したかったのにと。

すると、カーテンがレールから外れているのが目に入った。

「よかったら、あのカーテン直しましょうか。僕は便利屋ですから」

「あら、助かるわ。椅子を持ってきて直すのはもう無理なの」

「お安いご用です」

椅子を窓際に置いてカーテンに手を掛ける。もう何年も前から外れていたのか、劣化した留め具のプラスチック部分が切れてしまって止まらない。

「近くのホームセンターで買ってきて直してあげます」

「まあ、そんなこと、頼めませんわ。申し訳ない」

「いいですよ、その代り代金をいただいていいですか。レールと壊れたフックの代金と僕の作業代は一時間二千円でどうですか。多分二時間もかかりませんが」

「あら、そんなんでいいの？　お願いします。まずはコーヒーをどうぞ」

「いただきます」

コーヒーを飲み終えると、早速レールとフックを買いに行った。平日のホームセンターは暇そうだが、林原のような六十代くらいの男性客がやたら多い。

こんな簡単な仕事は代金をもらうのが悪いようにも思うが、老婦人は大層喜んで手押し車の代金も合わせてと、五千円くれた。林原は自分で作った名刺を渡した。

『便利屋　林原郁夫　０９０－〇〇・・・』

「林原さん、この次は換気扇を直してくれませんか？」

「回らないのですか？」

「ううん、回るけど汚いから新しいのに換えたいの」

「磨けばきれいになるのでは？　見せてください」

老婦人の後をついて台所に行くと、年代物の換気扇が確かに汚れているし、かなり古いようだ。

「安いものでもありますから、今度換えてあげましょう」

「いつ来てくれますか？」

「いや、奥さんのいい日に」

「じゃ、明日」

「はい、ではこのくらいの時間でいいですか？」

「お願いします。嬉しいわ」

「寸法を測らせてください」

「どうぞどうぞ」

こんな風に一度伺うと林原の実直な人柄が受けるのか、必ず二回三回と頼まれるのだ。どれも簡単なことで家族がいればすぐに直してくれるのだろうが、独居老人はとても多くて林原はいい話し相手にもなるようだった。

家に帰ると、妻はポトフを作っていた。

「いい匂いだな」

「ええ、キャベツを美味しく煮込んだところよ。今日はいい顔してるのね。なんかいいことあった?」

林原はあの老婦人の話をした。

「ねえ、あなたの便利屋って介護士さんかカウンセラーのような仕事ね」

「そんな立派なことは何にもしてないよ」

「ううん、話を聞いてくれるって嬉しいことよ」

「そうかな、ところで、奥さん、今日はいいことありましたか?」

「ええ、ポトフに入れるキャベツが七十六円だったの。安いでしょ。そのスーパーで福引したら三等の鍋が当たったわ」

「すごいなあ」

妻は笑いながらポトフを煮込んでいる鍋を指差した。

「これよ、これ」

赤くてきれいな鍋がぐつぐつと音を立てている。

キャベツにジャガイモ、ニンジン、ソーセージ、コンソメ。いい匂いだ。

子守りですか？　それは

朝からケータイが鳴る。

「もしもし、林原です」

「あの、便利屋さんですよね」

電話の声は若い女性のようだ。

「はい」

「あのう、会社に行くことになったんで子どもを見てほしいと思いまして」

「あ、いや、それはちょっと」

「お願いします。祖母もいい人だからとあなたを紹介してくれて」

「いや、他の仕事ならともかく、私は子どもの世話はしたことがなくて」

「大丈夫です。おむつもミルクもいらない三歳児です。私、あと三十分で家を出るからぜひそれまでに来てください。祖母は足が悪いので見れないんです。しかも、いつもの託児所は先生がインフルエンザで一週間休みなんです」

するると、後ろから妻が声を掛けてくる。

「私も行ってあげるから」

その声に救われた。

「家内が一緒に行くと言っているので、何時までですか」

「夕方までお願いします。二人分お支払いします」

とりあえず、困りきった女性を救うために夫婦で出かけることにした。祖母という女性は先日薬を受け取りに行った曽我京子さんという七十八歳の女性だった。

「ごめんください」

「はーい」

呼び鈴を押すと出てきたのは目がくるくるとした好奇心旺盛の男の子だった。

「あ、僕の子守のおじさん?」

「ああ、君がそうか」

妻が早速林原の前に出る。

「こんにちは」

「あれ、子守のおばさんもいるの？　二人も来たよー」

奥からコートを羽織りながら出てきたのが依頼人。

「すみません。おばあちゃんが林原さんなら優しいから大丈夫って。ここにコンビニ弁当を持ってきました。みんなでどうぞ」

簡単便利な幕の内弁当が四つ。若いのにそこまで気が付くのかとちょっと驚いた。

「あ、私たちの分まですみません」

「あの、子育てしたことないんですが、妻は子ども好きですし二人で見ますから」

「助かります。祖母もいますので」

奥から杖をつきながら曽我さんが見えた。

「ごめんなさいね。急に忙しくさせてしまって。孫なんですよ。この子はひ孫。駿、ごあいさつしたの?」

「まだだよ。今おもちゃを見せてあげようと思って」

「いいのよ、そんなことは後で。早くごあいさつしなさい」

「おばあちゃん、玄関で挨拶しなくてもはやくソファに座っていただいて。私は出かけます。すみませんがお願いします」

「ママ、ゆっくりでいいよ」

駿はご機嫌だが、林原は一刻も早く帰宅してほしいと願った。何しろ駿は刀を差してお面をかぶっていた。

「おじさん、僕は北代駿だよ。よろしくお願いします」

「おじさんは林原郁夫です。奥さんはマチコです」

曽我さんとマチコはすっかり打ち解けてもう話していた。となると、駿の相手はやはり自分なのかと林原は少しがっかりした気分になった。

駿は元気いっぱいで、おもちゃ箱をひっくり返して林原に見せていた。あふれるおもちゃ。片づけが気になる林原。

「使うものだけ出したらどうだい」

「全部見せたいの」

やれやれと思いながらも、林原は愛らしい駿のすることを眺めていた。曽我さんはマチコのことが気に入ったのか亡くなったご主人とのなれ初めから話していた。それにしても、妻がこんなに楽しそうに人と話しているのはあまり見たことがない。妻はほとんど聞き役だがコロコロとよく笑っていた。

曽我さんの説明では駿の母親はシングルマザーで元夫に養育費をもらう約束だったが、一回もらった後は行方がはっきりしないという。曽我さんの娘夫婦は転勤で広島にいるそうだ。保育園は定員いっぱいで入れず、近所の無認可の託児所に預けているそうだ。

「ねえねえ、おじさん、これできる？」

でんぐり返しをして見せる駿。

「いやあ、無理だよ」

「こうやって頭をついてやるんだよ。教えてあげるよ」

だが、林原の体は駿のように柔らかくないし、その後病院通いにでもなったら大変だ。

「駿君、本を読んであげるよ」

「いいよ、僕が読んであげる」

駿は字が読めるのかと驚いたら、話を作ってページをめくる。

「桃太郎は鬼が島に行きました。でも、鬼が島には宝物がないのであきらめて江の島へ行きました」

「江の島?」

「そしてキジとサルと犬を置いて帰りました」

「え? 桃太郎は何もしないの?」

「うん、桃太郎はお昼だからお弁当を食べました。食べようよ、お弁当」

曽我さんは、まだ早いよと言っているが、駿は聞こうとしない。さっきからママのとは違う弁当が気になっていたみたいだ。

「まだ、十一時だけどお腹が張ったら寝るかもね」

「そうね、では食べましょう」

林原は決まった時間でないとと思ったが、女性たちは気にしてない。駿は嬉しそうに箸を配ってる。

「ママのお弁当はおんなじだもん」

「へえ、そうなの？」

「うん、美味しいけど、昨日の夜のおかずが入るんだもん」

「それは仕方がないわよ。ママは忙しいから」

好き嫌いもないのか、駿は一人でおいしそうに食べている。お茶を淹れながら妻はそんな駿を楽しそうに眺める。可愛いわあと言いながらお茶が熱くないように駿のはぬるめにして渡している。

「人懐こいのね」

「ええ、この子はママと二人だから、お客さんが大好きなのよ。特に林原さんたちは優しいから子どもも分かるのね」

「そうですか、私たち夫婦は子宝には恵まれなかったから。ただ子どもが珍しくて」

「毎日見たら飽きるわよ」

曽我さんは辛辣なことを言っていたが、駿は一向に気にしてない。ご飯も食べると、しばらくテレビを眺めていた駿が静かだなと思ったらソファで寝ていた。

「楽なお子さんね。子守は要らないみたい」

マチコは笑いながら毛布を掛けた。

「いえね、本当は私だけでも見れないことはないかもしれないけど。私もこの子と二人にされるとどうしていいかわからないときもあるの。足も悪いし」

「確かに不安ですよね。僕も今日は妻が来てくれるって言うから引き受けたんです」

「本当に奥さん、ありがとうね」

曽我さんはすまなさそうに妻に頭を下げていた。

「いえいえ、私もこの人がいつも仕事の話を楽しそうにするものですから。今日は困り切っていたから一緒に行こうと思いまして」

「お金は二人分お支払いしますから」

「とんでもない。曽我さん、私たち二人で一人分しか仕事してませんから。それに美味しいお弁当までありがとうございます」

庭の草が伸びていたので、林原は食事を済ますと外で草引きをした。

「そんなことはしなくていいですよ」

曽我さんは気の毒そうに言った。だが、林原は女性たちの話の輪にも入れないし、外で草を引く方がゆったりできた。ごみ袋をもらって、雑草を詰めていく。見えなかった花壇のレンガが姿を現した。一時間もすると駿が起きてきた。林原が外にいると嬉しそうにボールを抱えて出てきた。

「サッカーしよう」

林原も三歳児にはまだ勝てそうだった。声を上げて喜ぶ駿。庭は三歳児にはぴったりの広さだ。のどが渇いた二人に妻がリンゴを剥いてくれた。駿にはウサギの形にして。家から持ってきたのだ。

「わあ、ウサギだ」

「このフジは美味しいな」

「え？　このリンゴには名前があるの？」

「ああ、これはフジリンゴだよ」

「じゃ、おじさんのは何リンゴ？」

こんなかわいい会話はしたことがなかった。林原は大変だが今日の仕事は楽しいなあとつくづく思った。

夕方になると、妻は冷蔵庫のもので何か作りましょうかと言った。曽我さんは恐縮していたが妻はカレーぐらいならできますと作り始めた。余ったリンゴもすりおろして混ぜた。

駿は話し相手がたくさんいることが嬉しくてたまらない様子だった。

「今日は泊まって行ったら？」

ママが帰って来た。

「遅くなってすみません。あの、おいくらでしょうか」

代金はいくらもらったらいいのだろうかと考えていた林原はこう言った。

「今日は楽しい時間をありがとうございました。五千円でいかがですか」

「そんなわけにはいかないわ」

曽我さんが一万円を出した。

「いえいえ、食事もいただきましたし楽しい時間を過ごしましたから」

妻は困っているママを見てこう言った。

「では、出世払いで、駿君が大きくなったらごちそうしてください」

若いママは嬉しそうに笑ってうなずいた。


帰り道、林原は居酒屋に妻を誘った。

「あの店に入ろうか」

「あら、どうして」

「いや、お疲れさん。君がいてくれなかったらとてもじゃないが降参していたよ」

「うふ、私もいい一日だったわ。久しぶりに人と話した気がする。子どもはいいわね。でも、ときどきでいいかも。神様はよく知っていたのね」

いたずらっ子のように笑う妻。
大きくうなずく林原だった。

スクラップブックを作るんです

今日は朝から雪が降ってる。

こんな日は外に出るのは止めよう。車も走らせたくないし電車も混むだろう。もう若くはないしこんな日に暖かい家から出るのは体に悪い。

とかなんとか理由をつけて林原が家にいると、コーヒーを飲んだりせんべいを食べたり口を動かすことばかり。することがないといつも食べるものを探すのはどうしてだろう。妻は朝から手紙を書いている。

「誰に書いてるの」

「中学校の同級生。半年前ご主人が亡くなられたんですって。この間偶然電車でその人の妹に会ったの」

「うん」

「そうしたら長いこと病気でつきっきりの看護をされたから、今はほっとして元気になってるって」

「ふーん、そうか、そういうものかもな」

そんな話をしていると、ケータイが鳴った。

「もしもし林原です」

「あの、切り抜きをしてほしいんですけど」

「は？」

「便利屋さんですよね」

「はい、そうですが」

「夫が書いた記事をスクラップしてほしいんです。でも、私、腱鞘炎になってしまって」

「そうですか、そういう仕事は初めてですが、どれぐらいあるんですか」

「ざっと二百くらいは」

「それはすごいですね。うちに持ち帰ってやった方がいいですよね。お邪魔すると何日かかかりそうですから」

「あのう、おいくらになりますか」

「そういう仕事は経験がないから見当がつかないですね。一応お伺いして見せてください」

寒いが早速出かけることにする。妻は面白い仕事ね、持ち帰ったら手伝ってあげると言った。コートの上にマフラーをして手袋をする。妻は背中にカイロを貼ってくれた。道路は雪が解けているが二百部を持って帰るには車が必要だろうと、エンジンを掛ける。

林原は普段あまり乗らないので慎重に運転していこうと思った。

依頼人はまだ四十代くらいだろうか、手には包帯をしていた。

「寒い日にどうもすみません。思い立ったらすぐに取り掛かってほしくて」

「いえいえ、こちらこそ、家でぼうっとしてました。ところで私のケータイ番号はどなたに聞かれましたか」

「この前、町内会の村田さんがあなたの名刺を公民館に貼ってらして親切な便利屋さんだと」

「そうですか、ありがたいです」

通されたリビングには雑誌がたくさん置かれていた。少し想像していたのとは違った。

「どれもエロ雑誌と言われるような本です」

「はあ、若い人にはいいんでしょうね」

「その中の『夜の潜入ルポ』が彼の記事です」

「これ全部にあるんですか」

「ええ、私ったら今まで彼の仕事をどこかでバカにしていてろくに読まなかったの」

「あまり、手に取る機会は女性はないでしょうね」

林原は股間に手を当てている若い女性のなまめかしい表紙に困っていた。

「でも、葬儀を終えたらこの人に助けてもらってたんだって分かったの」

「あ、病気で亡くなられたんですか？」

「いいえ、雑居ビルの火事です。取材に行ってそのまま」

「そうでしたか」

そこまで聞くと、あのエロ雑誌と言われる本が少し身近に感じられた。ページをめくると生々しい描写とは別にそこで働く女性たちの生の声が目に入って来た。

家庭内暴力をされていた主婦や、破産した父親に売られるようにして援助交際する女子高生の話。時にはただただブランドの買い物がしたくてサラ金で借りる女性など、どうしてこの雑誌だったのかと不思議に思った。

「内容は世間に訴えるようなもっと有名な雑誌でも書ける人ですよね」

「ええ、そんなところに勤めていたけど、会社のお金に手を付けてしまって」

林原は失言したと思った。

「いいのよ、でも、そこに書いてるブランド品の好きな女性は私なの」

「え？」

　思わず声が出てしまった。彼女の借金を返すためについに彼は会社から借金し終いには返せなくなって手を付けたのだという。

「私は彼が家にいないから、いつもショッピングしてちやほやされたくて。ああいうところの買い物って、女性が満たされるようにできてるじゃないの。カードで買ってもソファに飲み物を運んでくれて、入り口にまで送ってくれて、この方が高いバッグを買ったんですよという風に扱ってくれるし」

　林原は妻にそんなバッグを買ったこともないから、ブランド店はそうなっているのかと今更ながら驚いた。

「でも葬儀をした後は、彼の生命保険が入ってきたのに買う気もしないの。ただただ空しくて」

　それで一念発起してスクラップを始めたが、腱鞘炎になったという。

「そうですか。私がスクラップするのは簡単ですが、奥さんがされた方がご主人は喜ぶのではないですか」

「林原さんもそう思う？」

「ええ。ということはどなたかそう言われたのですか」

「弟が。私の不始末を見てきましたから。姉さんがするべきだって。何年かかっても自分でやれって」

彼女は自嘲気味につぶやいた。

「でも、やり始めたら辛くって。誰かに手伝ってほしくなって。一緒に読んでほしくって。でも若い便利屋だと頼めないし……あ、ごめんなさい」

「わかりました。しばらく通うことにします。毎日三時間でどうですか。それ以上はきっと神経が持ちませんよ。二人で読みながらスクラップしましょう。代金はとりあえず一日五千円いただいてもいいですか。そのうちにご自分でできるようになりますよ」

林原の提案に彼女は嬉しそうにうなずいた。文具屋でスクラップブックを十冊買っての帰り道、林原は妻に電話した。

「明日から通う仕事だ。大変な仕事になりそうだよ。勉強しなくちゃ。ところで、今晩は何だい」

「今日は鮭と野菜を蒸すつもりよ。ヘルシーでしょ」

「おいしそうだな。イチゴでも買って帰るよ」

「あら、嬉しいわ」

林原は車を運転しながら大通りのブランド店の前を通った。若い女性だけでなく、中年女性の買い物客が大きなロゴ入りの袋を持っている。満たされた顔で誇らしげだ。だが、時には嬉しそうでない女性もいるのだろう。林原は大きな声で独り言を言った。

「さあ、イチゴを買って帰ろう」

それはできるかなあ

この二週間稼ぎはゼロ。

まあ、仕方ない。引っ越しなどの荷物運びは断ってるし、雪かきも大がかりなことはできない。一人でできることは限られている。

「ごめんください」

外から誰かが呼んでいるが、うちだろうか。

「はい」

「あの、こちらは林原さんのお宅ですか」

「そうですけど、どなたさんですか」

中年の男性が玄関口に立っている。

「私は浜田一郎と言いますが、この町で喫茶店をしている者です」

「ああ、あのブリリアントの方ですか」

「あ、ご存知ですか」

「はい、何回か伺いましたよ」

嬉しそうに頭を下げる彼を見て林原は尋ねた。

「その何か?」

「便利屋をされているとかで。こんなことを頼めないかと」

林原に一枚のプリントを差し出した。見るとメニューを新しいものにしたいがその装丁を考えてほしいというのだ。

「デザインってそんなことできませんよ」

「いえ、このチラシを作ったのは林原さんでしょう?」

便利屋のチラシを何枚か作って配ったことを思い出した。

「ああ、これはそうですけど」

「この字がいいなあと思って。太い墨の字で。ボックス席に置く五枚と、店内に大きく掲げるのが一枚欲しいと思いまして」

「それはありがたいですけど、デザインの心得など全くなくて」

頭をかきながら林原は困っていた。確かに墨の字がいいと思ってチラシは作ったが、それは仕事と呼べるようなものではない。

「メニューは少ないので、どうかお願いしたいんですが」

「わかりました。書きますけど使わなくても恨みませんから」

浜田は笑いながらお願いしますと言って帰って行った。

「どうしようか、そんな依頼が来るなんて考えてなかったよ」

「そう言えばあなたの字は波のうねりみたいな感じで素敵よ。人っていろんなところを見てるのね」

林原は座卓の前で正座をして墨を擦り始めた。墨だって昔買った青墨でそんな高いものではない。ただ、子どもが学校で使う墨よりはいいものだ。

新聞もたくさん並べて徐に書き出した。

コーヒー、紅茶、ミルク、と書いていくと字が斜めに下がっていく。鉛筆でそうっと薄い線を入れてまた書き直していく。ゆっくり書くと字が微妙に震えていく。小さなメニューに窮屈そうに字が並ぶ。

「いかんなあ」

「書家さん、大変みたいね」

妻が笑いながら眺めている。

「難しいよ、こんなこと初めてだから。メニューってこの大きさでないといけないかなあ」

林原は頭を悩ませながら、半紙を切って小さく納めようとするとすると、パソコンの方が向いていると思った。

「パソコンより自筆がいいというんだからなあ」

林原はそれなら逆手にとって、巻紙に書くことにした。すると、字がのびのびとして面白い。この字なら喜んでもらえるかもしれない。

「あら、いいじゃないの。巻紙のメニューなんて初めて見たわ」

「だけど、ブリリアントなんてしゃれた名前の喫茶店に向いているかなあ」

「いいわよ、だってあの店は木で作った感じのボックス席で安いって感じの店ではないわ。カウンターだって一枚板よ」

「そうだったね、ではこの調子で書いてみるか」

五枚書くと日はすっかり暮れていた。ラミネートしないとすぐに破れてしまうと林原は思った。だが巻物をラミネートはできないし風合いがない。気分転換に外に出ることにした。

林原はあの喫茶店に行ってみた。

「おや、林原さん」

「まだ、できてないんですけど、ちょっとコーヒーでも飲もうと思いまして」

「それはそれは、美味しいコーヒーを淹れますね」

マスターの浜田は手慣れたようすでコーヒー豆をひいた。

カップは伊万里焼だった。

改めてこの店の良さを知った。瑠璃色のカップが素敵だ。一人ひとり違うカップに入れてくれるのか。

「こちらは織部、それは清水」

と、浜田はカップを指差しながら林原に教えてくれた。

「このお店はいつからでしたか。私も勤めに行っているときはここに寄る時間はなかったですから」

「そうですか、退職されて、便利屋さんを？」

「ええ、本当に仕事と呼べるような仕事はできないんですけど」

「いえいえ、あの字は面白くて好きですよ。大きなメニューはここに飾りたいんです」

浜田の頭の上に今のメニューがあった。この店にはそぐわないホワイトボードだ。

「自分が値段をすぐに忘れてしまうので、ここにないと困るんです」

笑いながら浜田は言った。コーヒー豆がなかなか入手できないときは小刻みに値段が変わったそうだ。最近は安定したからきちんとしたメニューにしたいと言う。

「では、また来ます」

「ありがとうございます。お待ちしてます。メニューは急ぎませんから」

「がんばって今週中にはお届けするつもりです」

林原はこの雰囲気の中に合うようなものにしようと考えていた。帰ると妻が友禅紙を並べている。

「きれいだね、その紙」

「ええ、この前買ってきたのよ。熨斗にいいなあと思って」

「これをあの巻紙に合わせたらどうかな」

「そうよ、私もそう思って、これで補強するようにしたら素敵じゃない？」

「うん、巻物にしようか。紐も付けて」

「ちょっと待って、おばあちゃんの古い着物をほどいていたからいい紐になるわ。取ってくる」

雰囲気のある和風の巻物メニューができた。お品書きと書いてサイズ別に三つ作ってみた。これを見て選んでもらうようにした。

翌日は掲げて飾るメニューを作ることにした。ホームセンターで焼杉を買った。直接に書くとこれまた不思議な時代物のようなメニューができた。

「ちょっと届けてくるよ。サイズはどれがいいか決めてもらってから書かないと」

店のドアを開けると浜田はリネンの布巾でグラスを磨いていた。

「あ、林原さん、いらっしゃい」

「これを見てほしいと思いまして」

「もう、できたんですか？」

林原はサイズの違う巻物メニューを見せた。浜田は嬉しそうに見ていた。おばあさんの結城紬の切れ端が趣をくわえていた。

「すごいなあ、林原さん。巻物ですか」

「ええ、サイズが違うものをいくつか作ったので、どれにするかを決めていただいてから仕上げます」

「いいですねえ。大きい方がいいかなあ」

「そう思ったんですが、大きいと机の上に置くと邪魔でしょう」

「あ、カップに触るのはまずいですね」

「ええ、面白いのと実用性は別ですから」

浜田はどれも欲しいと言っていた。こんなに喜んでもらえると林原も嬉しかった。

「あのいくつも作っていただくのは大変でしょうが三つの種類すべてを作ってくださいませんか。季節ごとに変えたりすると面白いし、ボックスごとに違っても楽しいですから」

「そうですか、ではそうしましょう。こちらの大きなものは壁に飾るようにしていいですか」

「あ、杉の木ですか。面白いアイデアだなあ」

壁に取り付けると、浜田はしきりと呟いた。

「あなたに頼んだのは正解でしたよね。僕、そんな気がしていたんです。あのチラシを見た時から」

林原は家に帰ると早速一五本もの巻物のメニューを仕上げた。すっかり夜になったが心地よい疲れだった。浜田に喜んでもらえると思うと、明日が待ち遠しかった。

その夜、けたたましいサイレンの音で目が覚めた。

「あなた、ブリリアントが火事みたいよ！」

飛び起きた林原は寝間着にセーターとコートを羽織ると、家を飛び出した。

ブリリアントの二階が浜田一郎の住居だった。火は乾燥している冬の喫茶店で猛威を振るった。幸い浜田は二階から飛び降りて骨折はしたが命は無事だったそうだ。

震えながら救急車を待つ間、浜田は声を上げて泣いていた。

林原は遠くからブリリアントの素敵な店構えが消えていくのを見続けた。

翌日、病院に行くと、浜田はベッドで骨折した腰と足に身動きが取れ無いようだった。

「こんにちは」

「あ、林原さん、すみません」

「いえいえ、大変なことになってしまいましたね」

目に涙を浮かばせながら、浜田はご近所に迷惑を掛けたと頭を下げた。

「幸い、延焼がないのでよかったですが、この通りでしばらくはどうにもなりません。メニューもできたのに店がないんですから、本当に申し訳ないです」

「いえ、そんなことはどうぞお気になさらず」

林原は疲れ切った様子の浜田に掛ける言葉が見つからなかった。浜田はわずかな保険では店を再開するのは先の話になりそうだと言った。

「でも、このメニューがいずれ日の目を見るように持ってきました」

紙袋から取り出すと巻物を浜田に渡した。ベッドに並べると彼は涙を流しながらこぶしを握った。

「がんばります。もう一度再開できるように。このメニューを使うときは来てくださいね。これを店に置くと考えると踏ん張れそうです」

林原はその言葉を聞いただけでも作った甲斐があったと思った。

病院を出るとそのまま焼けたブリリアントに行ってみた。すべて燃えてしまった店はまだ焦臭かった。足元に先日淹れてくれた瑠璃色のコーヒーカップのかけらがあった。さらに燃え尽きたメニューの鎖が出てきた。杉の木は全く残っていなかった。誰にも見てもらえなかったが、確かに仕上げたんだという思いがこの鎖を見ると残った。

ブリリアントの火災は原因がまだはっきりしないが、放火らしいということだった。一生懸命働いてきた浜田に何の落ち度もないのに、こんな災難に遭うとは堪らないが、彼ならきっと素敵な店を再開すると思った。その時にはもっと大きな手の込んだものを作るつもりだ。「よし」と自分に声を掛けてブリリアントを後にした。

林原は帰り道に、今夜は湯豆腐でも作ってもらおうと豆腐を三丁買った。

霜柱の降りた日に

朝から電話だ。

「林原さん、水が出ないの」

「ああ、寒いから凍ったんですね」

「来てくれる？」

「えーと、その声は吉田さんですか？」

「はい」

ご近所の吉田さんは七十九歳の女性。夫は三年前に脳梗塞になり最近老人ホームに入った。一人での介護が難しくなり、二人の息子と話し合った結果入居するようになった。夫の年金ではホームの入居費用が足りずに貯金を当てることになったが、息子たちはそれには難色を示したが親を引き取ることもできないから仕方なく入居ということになった。

「一生懸命働いて貯めたものを、息子に許可を求めるというのはしんどいです」

以前、吉田さんはそう話していた。いずれ自分も体がきつくなったら夫と同じ部屋に入ると話していた。だが、今は二階建てのこの家でのびのびと暮らしたいそうだ。ホームは1DKという。今は寝たきりの夫が一人でいるが、そこに入ってもベッド二台を入れたら住むスペースはわずかだ。

「昔は男の子が二人も生まれて跡継ぎも心配ないって喜んだんですけど、今では女の子が一人でもいたら違ったんじゃないかと考えます。ホームでも親を訪ねてくるのは娘がほとんどですよ」

寂しそうに笑っていたた吉田さん。

妻が吉田さんの朝ご飯にとおにぎりを作った。さらにお湯とティーパックを持たせてくれた。

「お茶にするとお薬が飲めないから」

なるほどと林原は妻の気配りに感心した。

昨日からの冷え込みで水たまりだったところが凍っている。足を滑らせたらアウトだと、一歩一歩亀のように進む。

吉田さんは呼び鈴を押すとあわてたように出てきた。

「ごめんなさい、先ほどから水が出たわ」

「それならいいんですよ。家内がおにぎりを作ったのでどうぞ」

「まああすみません。お代を」

「とんでもない。そんなもの要りません。何も仕事してませんから」

「でも、この寒いのに来てくださって。どうぞ、お上がり下さい。ちょっと暖まってくださいませ」

「では、少しだけ」

吉田さんは石油ストーブに鍋を載せていた。なんだか懐かしい匂いだ。

「これはおぜんざいです。昨日の夜ポットに小豆を入れてお湯を入れておくと朝には小豆が煮えているんです。それを鍋に移して先ほどから」

「ほう、おぜんざいですか。最近は食べたことないなあ」

「甘いものは平気ですか?」

「ええ、大好きです」

吉田さんはああよかったと言いながら鍋の中を静かにかき混ぜている。すると、呼び鈴が鳴った。

「お母さん、水道が凍ったって?」

そう言いながら息子さんが入って来た。手にはスーパーの袋を下げている。林原を見ると、懐かしそうに挨拶をした。

「お久しぶりです。昔、ガラスを割って直してもらいましたね」

「はい、あの時はホームランがとんでもない方向に来ちゃいましたね」

「あの時はありがとうございました。いつもお世話になってるって母から聞いてます」

すると、吉田さんは妻のおにぎりを見せながらこれもいただいたのと話した。この長男は寒いから買い物もできないだろうと野菜や牛乳などを買ってきたようだ。

「随分気の付く息子さんだなあ」

「いえいえ、そんなことありません。一緒に住むには家が狭すぎて。でも、子どもたちの学校がここからでは遠いですから」

吉田さんはにこにこ笑いながら温めていたぜんざいを二人に差し出した。

「あ、ぜんざいだ。よかった」

長男は嬉しそうにぜんざいを食べる。

吉田さんは持ってきた野菜を悪いわねといいながら野菜ケースに入れていた。林原はぜんざいを食べながら、話はよく聞いてみないとわからないなとつくづく思った。この息子さんならきっと訪ねてきてくれるし、お金だって母親の老後を心配しているからだろうと感じた。

「林原さん、たくさん作ったからこれを奥様に」

ぜんざいを片手に吉田家を後にすると、寒いのに心から温まってる自分に気付いた。

林原は昔、母親が誕生日に作ってくれたぜんざいを思い出していた。

あの頃はそれが大層なごちそうだった。友達が来てそれをふるまうと随分と羨ましがられたものだ。

「明日は墓参りに行こう」

林原は明日の天気を祈った。

「寒くありませんように」

ボランティアもいいな

林原が近所の小学校に頼まれて出張授業をすることになった。

学校では昔遊びを教えてほしいというものだ。

これはもちろんボランティア。マチコも一緒に行くことになった。近くのお年寄り五人で二クラス四十五人の子どもに昔の遊びを教えるのだ。

「体育館でできることといったら何かな」

「とりあえずお手玉とコマ、あとはゴムとび、折り紙、メンコくらいかしら」

「松永さんはゴムとびをしてくれるわ」

「でも、ゴムとびならゴムを持つ人がいるだろ」

「バレーの時のネットの支柱に結ぶって」

「君は何をするの」

「私はお手玉。玉入れの時のおじゃみを学校が貸してくれるって」

「そうか、僕はコマかメンコだな」

「ええ、浮田さんがコマの名人ですって」

「そうか、すごいな」

「それにかるたもあるわよ」

「だるま落としも前に温泉で買ったな」

「こうやって考えるとたくさんあるわね」

机に持ってきて並べるとやりたくなる。

「メンコはないなあ。売ってるかな」

「それがあるのよ。三丁目に『昔の駄菓子屋』という店ができてね、そこで売ってるの」

「へえ、見に行こうか」

二人で並んでその店に行く。昔と違うのはきれいな店構えだ。でも、いろいろなものが店頭にある。お面が昔風の月光仮面、あんみつ姫、ポパイにベティ。鞍馬天狗まであった。小さな子どもだけでなく大人もかなりいる。

「あら、竹とんぼもある」

「ここにビー玉もあるぞ」

「着せ替え人形も紙製よ。懐かしいわ」

　時間を忘れて二人で楽しむ。メンコもあった。力士や野球選手、キャラクターなど、安いボール紙に写真が載ってるだけだが妙にうれしい。

　だが、レジにいろいろ持っていくと予想以上に高いものになった。

「三八〇〇円です」

「あら、そう」

　マチコの手にはけん玉、お手玉、竹とんぼ、そして紙風船。

「あなたのは？」

「僕はこれを」

　レジに並べるメンコ。四十五人に一枚では足りないから一人三枚。大人買いだ。まあ、子どもに贈り物もいいなと二人とも財布が緩む。

　当日、浮田正平さん、松本孝子さん、吉田太郎さん、貞子さん夫婦、そして林原夫婦の六人になった。みんなわくわくして体育館へ集合する。

　一年生は嬉しそうに大拍手と大歓声で迎えてくれた。

　それぞれ班で周りながら遊ぶことになった。中にはフラフープやお手玉使って、そこで時間調整をしながら行った。

　子どもは優しいおじさんやおばさんに懐いてくれるものだ。

いつのまにかマチコなどは手をつないで離れない子もいた。

「お手玉はこうやってやるのよ」

普段は近所のおじさんたちと触れ合う機会などないのに、今日は遊んでくれるので子どもは大張り切り。

「ねえねえ、おじさん。このメンコはイチローがないね」

「そうだね、写真も古い選手ばかりだね」

「これはだあれ」

「長嶋茂雄だよ。すごい選手だったんだよ」

「へえ」

こんな会話をしながらも子どもはあちらこちらから質問するからみんな振り回される。

「このお相撲さんはだあれ」

「大鵬だよ」

「こっちのコマのひもはどうやって巻くの」

すると、近くで遊んでいた子どもがお兄ちゃんに習ってると言って急に先生役として張り切っている。

先生も勉強とは関係ないので、顔が優しいと子どもは耳打ちしてきた。なるほど、そうかもしれない。

「こういうときはいたずらっ子の方がみんなに優しくてリードしてくれるんですよね」

先生は笑いながら一人の男の子の頭をなでる。

照れくさそうにしながらも、その子は嬉しそうに鼻を膨らませている。

「良太君、そのコマを回して見せて」

「いいよ」

得意そうにくるくる回す良太。林原は自分も回して見せる。手乗りごまを教えると、早速できるようになった。あっという間に時間は過ぎた。

子どもたちは給食時間も一緒だと聞いて大喜び。六人を誘って給食室に連れて行ってくれた。

食べている間もひっきりなしに質問が浴びせられて、良太の隣にいるマチコは家を教えてと言われていた。話を聞けば良太はシングルマザーのママと三年生の兄と三人暮らしだそうだ。

「ママは夜も焼き鳥の店で働いてるよ」

「ふうん、昼間も働いてるの?」

「うん、近所のクリーニング店で」

「えらいねえ」

褒められてますます鼻が膨らむ。実に可愛い。帰りの時間になると、良太は目が赤くなっていた。

帰り道、マチコと並んで帰ると、二人は今日の楽しかったことをたくさん思い出していた。

「ねえ、疲れたけどいい機会だったわ」

「ああ、可愛かったねえ」

「ほんと、普段はいたずらっ子にピンポーンとされると腹が立ってばかりいたけど。知るって大事ね」

「ああ、良太君はママがいない時間が多いから寂しいんだね」

「ねえ、家を聞いてたから遊びに来てくれるかも」

「それもいいねえ」

帰り着くと、校長先生から電話があった。

「今回は本当にありがとうございました。できれば毎年来ていただけるとありがたいですが」

「ええ、こちらこそ楽しく過ごせました。またいつでもお手伝いしますよ」

「早速、子どもたちがお手紙を書いているので、またお届けに上がります」

「はい、それは嬉しいですね。待ってます」

マチコは疲れたと言いながらも、夕飯の献立を冷蔵庫を覗きながら考えているようだ。

一息つくと、林原は昨日頼まれていた食器棚の割れたガラスの交換に出かけた。

「便利屋の林原です。ガラス戸を直しに来ました」

「どうぞ、上がってください」

明日はどんな仕事が舞い込んでくるかな。

林原は良太のように鼻を膨らませていた。

ブリ大根二人分

林原の近所に小さなアパートがあった。古い建築物で年老いた夫婦や金のない若者、そして、貧しい家族が住んでいた。

平成の世の中でみんなリッチに生きてるわけではない。

その家にはテレビすらなかった。実はあったのだが、それもブラウン管のものでデジタル化に移行するとともに映らなくなった。電気代がかかるのでもっぱらラジオ。妻のケータイのみが仕事上会社から渡されたものだった。夫は運送会社で事故を起こしてクビになり、しかも自損事故だったので借金と障害が残った。だが、この事故だって働きすぎて居眠りで会社の倉庫に突っ込んだものだった。けが人は夫だけだったのが不幸中の幸いと言われたらしい。

事故でフロントガラスが目に刺さり、夫は運転ができなくなった。左目は失明し、右目はわずかに光を感じるくらい。前から裕福ではなかった家計は一度に行き詰まり、妻は昼間は弁当店で働き、夜は近所のスナックでバイトをするようになった。二人とも家が貧しく高校に行けなかったから学歴は中学校卒業。仕事をしながらやっと取った運転免許が唯一の資格だった夫。今は妻の持って帰る売れ残りの弁当をみんなで食べる毎日。ここに二人の兄妹がいた。

兄は中学校から家に帰らなくなり、卒業するとその日から連絡もしてこなくなった。両親は兄のことをあきらめていた。貧しさを恥じ、友だちにいじめられていて、ゲームもケータイもない兄は優しくしてくれる近所のチンピラのところに入り浸っていた。担任は心配して家庭訪問をしてくれたが、どうすることもできなかった。妹は中学校三年となり、定時制に通うことができる工場勤務を探して推薦してくれた。

林原はこの家族の隣の部屋の木下松枝から買い物を頼まれて届けていた。雨の日は荷物がかさむと傘を差しながら運ぶことはできなかった。ある日、スーパーで困っているのを手助けしたのだ。無料では困るというので、一回二百円もらうことにした。すると、この隣の家族の話をときどき耳にすることになった。

「かわいそうよ。真面目な優しい子たちなのに、クラスの子どもってときどき意地悪だからね、お兄ちゃんも子どものころは本当にいい子だったのよ。お父さんが目の具合を悪くしてからは生活が苦しくなったみたいで。お母さんは派手になって来たわ。無理もないわね。もう五年も一人でがんばっているんだもの」

「そうですか。みんないろいろとありますからね」

「そうよ、私も夫を亡くして二十五年。国民年金だけでは無理よ。昔は羽振りがいい時代もあったのよ」

「どんなお仕事されてたんですか」

「品川で小料理屋をしていたの」

「ほう、なんだか艶っぽいもんね、奥さんは」

「まあ、林原さんがそんなこと言うなんて」

嬉しそうにコロコロと笑う木下松枝。年齢は七十五歳。だが、その店も脳梗塞で倒れた夫の世話をするために閉めたようだ。息子はサラリーマンで最近リストラされて離婚しそうだという。

「みんな不景気になると仲も悪くなるのよ」

「そういうものかもしれませんね」

「ええ、一緒に暮らすなんてできないわ。私の年金では家族も養えないもの」

林原はレシートと品物を見せて預かった代金の釣りを渡した。

「では、二百円いただきます」

「五百円でお願い」

「はい、ではお釣りを」

「ダメよ、子どものお使いみたいな代金なんて、五百円でも悪いと思うのに」

「いいえ、スーパーとかコンビニを使ってもこんなものですよ」

「だめ、私とのおしゃべりを聞いてくれる代金がいるはずよ。払える日はそうないから、今日は受け取って」

林原は笑いながら金を受け取ると、妻のマチコに電話した。

「ねえ、ブリ大根もうできたかい？」

電話の向こうでマチコができたわよと話している。

「ちょっと木下さんに持ってきてくれないか」

松枝は横で悪いからいらないと言っている。

「いいんですよ、今朝マチコがブリをたくさん買ってきて大根と炊いてましてね」

「まあ、それは美味しそうだわね」

「ええ、もらってください」

「マチコさんは料理がお上手ね」

「いや、そんな」

林原は照れながらも、マチコの手際のいい料理はいつも美味しいと思っていた。五百円は松枝にとってそう安い代金ではない。今日は生活必需品を千四百円使っているのだから。

マチコが自転車でやってきた。

「はい、できたてよ。味はわからないけど召し上がって」

「いつも何かとお世話になってすみません」

松枝は恐縮していた。マチコは快活にいえいえと手を振っている。二人が部屋を出ると、隣の娘がいた。ドアの外で鍵がないのか佇んでいる。

目を伏せているから顔を合わさないように林原が通ろうとすると、部屋から怒鳴り声が聞こえた。

「出て行け」

「ええ、出て行きますとも。あなたの世話なんかもうこりごり。いつだって……」

娘はいたたまれないように顔を隠した。松枝が顔を出して娘を呼んだ。

「志保ちゃん、おいで」

志保と呼ばれた娘は林原たちの前をすり抜けて松枝の部屋へ入った。

林原たちは部屋から聞こえる大きな夫婦喧嘩の声に胸が詰まるような思いを感じた。

「かわいそうに、あの子」

「ああ、あの夫婦も大変そうだよ。木下さんから聞いたよ」

林原は松枝から聞いた話をマチコにした。マチコはブリ大根は二人分はあるわと言った。優しい松枝はきっとあの子と食事もするだろう。みんなで支えながら生きていくとはいっても、生活苦はいつまで続くのだろう。穏やかに暮らしていた頃もあったというのに、一度の事故で生活を激変させてしまった。

「地区によっては子どもに食事をさせてくれる場所もあるって言うけど、このあたりでは聞いたことないわね」

「ああ、進路の話もしたいだろうに。あの調子では団らんなんてないみたいだな。木下さんがいいカウンセラーだな」

「本当に、いいおばちゃんが隣にいてくれてよかったわ。筍の新物が出たから、明日タケノコご飯でも作って届けるわ」

「ああ、頼むよ。今日は五百円いただいたから」

「うふふ、あなたは高給取りね」

「こら、そう言うなよ」

マチコは先に帰ってお風呂を沸かしておくわと自転車に乗っていった。林原はマチコの後ろ姿を見ながら、好きなプリンを買って帰ろうと思った。

マチコは太るわあといいながらも喜ぶだろう。

草刈りですが嫌いですって

「暑いから無理なんです。でも、出ないと町内会で村八分にあうのよ」

林原郁夫の電話にこうかかってきた。電話の主は川沢栄子という五十八歳の女性。

「チラシを公民館で見て」

「ありがとうございます。それでどこの町内ですか？」

「富士幸団地です」

「はいはい、随分遠いですね。うちから車で四十分ほどですね」

「ええ、わざわざ遠い便利屋さんを探したの」

「それはまたどうして？」

「だって、親戚ということにしてほしいの。私の叔父ということで」

「なるほど。わかりました。それで、いつですか」

「今度の日曜日です。九時から十一時まで」

「伺います。雨なら延期ですか」

「ええ、一週間先に」

最近はこういう電話が多い。草刈りや町内清掃の類。若い人なら仕事ですって言えるんだろうけど、年齢的に言えない人は周囲の目を気にして頼んでくる。

富士幸団地はできて三十年。子どもでにぎわっていた時代から今は買い物難民も出るような雰囲気だとか。先日もテレビで言っていた。

日曜日。朝から家内の具合が悪い。昨日の夜も喘息が出て眠れなかったようだ。

「大丈夫か？」

「うん、平気よ。アレルギー性鼻炎から喘息に発展する人って多いんですって」

ここ三年ぐらいだろうか。鼻炎も出るが喘息も伴うようになってきた。

「鼻水だけでも辛いのに、喘息まで出たら痩せるわ」

そこは聞こえないふりをして玄関へ。今日は快晴だ。この調子では脱水症が心配だ。水筒には冷えたお茶、ナップサックにはおしぼりとスライスしたレモン。冷却作用のある熱さまし用シート。

家内の咳を背中で聞いて出かける。

車に乗り込みナビを設定。行き先を入力。変に甲高いナビの女性アナウンスが始まる。

窓を開けると秋の風が入ってきて頬をなでる。草刈りが好きかと言われたら返事に困るが、仕事と思えば話は別だ。川沢さんは一人暮らしで腰痛持ちだとか。中腰の姿勢ばかりの草刈りは去年まで出ていたがその翌日から病院通いとなり、今年からは無理には参加しないと決めたのだ。

彼女の家はこじんまりとした平屋だった。車庫には自転車が一台。とりあえずそこに駐車させてもらう。

ベルを押すとすぐに出てきた。

「すぐにわかりました？」

「ええ、集合場所はあの公園ですか？」

この先には遊具の少ない小さな公園があった。

「そうです。まだ早いからどうぞ入ってください」

「川沢さんの車はどこに？」

「いえ、あれは息子用。今は静岡ですから。普段は愛用の自転車だけですの」

冷たい麦茶を口にする。氷を頬張ってしまう。行儀が悪いと叱る人は今日は喘息でいない。

「おいしいです」

「お金だけ出す方法もあるんだけど、去年まで出ていたのに普段はおしゃべりするのにこれだけ出ないのはどうもね」

「随分と気を遣われるんですね」

「ええ、まあ。近所とはうまくやりたいし。この並びの家は皆さん私より年上なんです。でも旦那さんが出るからいいわよ。私はいないし」

少し不平も出るのは仕方ない。腰を上げて公園へ向かうことにした。

公園にいたのは八人だけ。道具は草刈り鎌が出て、後は竹ぼうきが五本とごみ袋。

「あの、どなたですか」

世話役の男性が声を掛けてきた。

「川沢さんの叔父にあたります。今日は腰が痛いというので代わりに」

「それはご苦労様です。わざわざそこまでされなくてもいいのに。川沢さんらしいな」

にこやかに笑いながら出席表に丸をつけてくれた。やはり人が足りないのだ。いくら小さいとはいえ公園とその周囲を八人で清掃するのはなかなか大変だった。夏場に生い茂った草はブランコの高さまで伸びていた。側溝も草や泥で詰まり放題。とりあえず男性は側溝の泥掃除から始めた。黙々と掃除をしながらも林原は手際がいいのでみんなに感謝された。

若い夫婦は子どもを連れてきているからなかなか目が離せない。すると、ふと周りを見渡すと世話役と林原の二人でほとんどの泥をかきだしていた。

「いやあ、助かりました」

「いえいえ、きれいになりましたね。あとはあの遊具のところの草を刈りますか」

「ええ、まあ一休みしてください」

林原は冷えたお茶を飲みながら、全身の汗が引いていくような気がした。それでも黙々と働く林原の仕事ぶりは周りの人にも伝わるのか、二時間の設定があと三〇分残して済んでしまった。

「こんなに早くきれいにできたのは初めてです」

「そうですか。よかったですね」

「また来年も来ていただけたら嬉しいです」

なんだかばれてしまってるのではと林原は思ったが、それもまた悪いことではないと思った。鎌を洗って並べて終了。ごみ袋は十を超えていた。

「では、みなさん。お疲れ様でした。きれいな公園になってよかったですね」

八人は自分たちの仕事に満足して拍手した。林原はその輪の中にすっかりとけこんでいた。

川沢さんはにこやかにコーヒーとケーキを出してくれた。

「どうもお世話になりました。これで」

差し出された封筒には余分に入っていた。

「これはいただきすぎです」

「いいえ、気持ちです。こんなに暑いのに頑張ってくださって」

「あの、ばれていたかもしれません」

「え？」

「来年もと言われてそんな気がして」

川沢さんは勢いよく笑い出した。やっぱりねと本当におかしそうに笑っていた。

「よかったら、またお願いしますね」

「こちらこそ。今日はありがとうございました」

林原は帰り道公園の前を通ると、まだ世話役がほうきを倉庫に片づけていた。早速降りて手伝った。

「どうもすみません。最後まで手伝わせて」

「いいえ、お疲れ様です」

「あのう、うちへ寄りませんか？」

「は？」

「実はあなたと掃除しているととても楽しくてちょっと話したいなと思いまして」

「あ、はい。でも今日は家内が咳き込んでいるので、日を改めてお伺いします」

「来ていただけるんですか？　私はずっと一人暮らしなものですから話し相手がほしくて。それでも老人会は行く気がしないし、娘たちも県外ですから」

「そうですか。では電話番号を書いておきます。いい日を教えてください」

世話役は今まで見たこともないような笑顔でメモを受け取った。

「川沢さんにお礼を言わないといけませんな。こんないいおじさんに会わせていただいて」

二人は心の底から笑った。車に手を振り続ける世話役の姿がいつまでもバックミラーに映っていた。


明日も天気だといいな。

家内の好きな焼き鳥を買っていこう。

バザーの品物を探せ！

冬物と夏物の入れ替えをする。

「これはもう暑くて着られないな」

「こっちはお尻のところが薄くなってる」

妻と二人で仕分け作業。

どんどん古着を回収袋に入れていく。

「ねえ、こっちの袋はバザーに出すの」

「あ、そうなんだ。でも、古着だぞ」

「うん、洗濯していたら下着以外は出してくださいって。もちろん、破れてるのはダメ」

「どこのバザー？」

「大谷さんの息子さんの作業所。古着のほかにも引き出物やタオルなんかあればくださいって」

「仕事を辞めたら引き出物ももらわないからな」

「そうね、でも古いＣＤやゲームもいいって」

大谷さんの息子さんはひとりっ子だった。スポーツマンで野球の大好きなご主人とよくキャッチボールをしていた。小学四年生の夏休み、家族で出かけた海の家。スイミングスクールにも通っていたから親は安心していた。だが、台風が九州付近に来ているというから波は高かったようだ。

夫婦より先に浮き輪を持って海に走って行ったときに思わぬ高波がきた。

「おい、危ないぞ」

ご主人が声を掛けたがあっという間に沖に流された。見え隠れする息子の姿にあわてて海に飛び込んだが、いつの間にか波間に消えた。消防隊が来て探したが見つからず、やっと見つけた時は三時間経っていた。

病院で集中治療を受けたが、脳の損傷は大きく、そのまま三年間入院生活となった。

林原は帰ってからの家の玄関口のスロープ造りなどをご主人と一緒に手伝った。

「すみませんね、業者に頼むにもお金がかかって。病院代で貯金は底をつきました。また働いて貯めないと。息子の教育費だったんですがね」

「そうですか。大変でしたね。でも、随分元気になったじゃないですか」

「ええ、寝顔はそのままで可愛くて。でも、十三歳になったら体が大きくなってもう抱っこして運ぶのは難しいんです。妻では無理です。僕も腰に来ましてね」

「スロープはいいですよ。廊下にも手すりをつけましょうか」

「お願いできますか。お金はそう払えないんですが」

「大丈夫です。僕にできるボランティアはこれぐらいですから」

林原はトイレや洗面所のドアをアコーディオンカーテンに換えた。引き戸にするにはお金がかかる。大谷は食品会社の課長だが、息子にかけた治療費はまだまだ続くのだ。奥さんは働いていたが息子にかかりきりになったので仕事はやめざるを得なかった。

あれから五年。リハビリをしながら息子さんは作業所で働けるほどになった。

作業は洗濯バサミの袋詰め。言葉も少しずつ話せるようになっていた。一つのことができるたびに、夫婦は喜んでビデオに撮っていた。


「ごめんください」

玄関に立っていたのは大谷さんだった。

「あら、ちょうどバザーに出せそうなものを袋に入れていたんですよ」

「そうですか、ありがとうございます。ところで、これは息子の次の仕事です」

差し出されたのはポケットティッシュ。

「え？　あら、どんどん増えるのね」

「いえいえ、このティッシュに宣伝のチラシを入れるだけです」

「それでも、すごいわ」

「これを使ってください。いくつかいただいたんですが、林原さんにも使っていただきたくて」

照れながら三つのポケットティッシュを渡してくれた。

「悪いわね。早速バッグに入れます」

「あの、バザーの品物は後で取りに来ます」

「いいのよ、主人と二人でお宅に運ぶわ」

林原も出てきてタオルで顔をぬぐいながら頷いていた。

「そうです、息子さんにも会いたいし」

「そうですか。会ってください。もう百七十センチを超えましたから」

「わあ、大きくなったね」

「はい、おかげさまで。最近は口答えもします」

「まあまあ、それは大谷さん今にやりこめられちゃうわね」

「はい、妻は口では怒ってますが、私から見ると妙に嬉しがってるみたいです」

林原は大谷家の穏やかな生活が戻ってきたと感じた。あの泣いて窓を閉め切っていた頃から、こうやって息子の作った品物を届けてくるほど変わったのは、息子のたゆまぬ努力と両親の愛情だろう。

「よかったら、大谷さん。私の作った佃煮。召し上がってくださいな」

マチコのお手製、じゃこと昆布の旨煮。小さな容器に入れた旨煮を大谷に渡した。

「美味しそうですね。いただきます」

大谷が帰ると、二人はまたバザーに出せるものを探した。

「あなた、この曲はもういい？」

「それはまだ聞きたいから、こっちのＣＤを持って行って」

「はい、この曲は？」

「おい、君は曲を掛けるだけかい？」

「だって疲れちゃったんだもん」

「やれやれ、まあ、ゆっくり探すか」

林原は押入れの箱をひっくり返しながら汗まみれだが、マチコはフンフンと鼻歌で曲を聞いて仕分けするだけだ。

だが、こんな時間もまあいいか。

そのうちにマチコは踊り始めそうだが。

それはとても難しい相談です

電話が鳴る。

「もしもし、あの、唐突ですけど、私、高齢者のコーラスグループの代表ですの。でも、明後日の発表会で歌ってくださるはずの方が骨折してしまって」

「はあ、うちは便利屋ですけど」

「そうでしょ、だからお願いですの。あなたが出て」

「は？　いや、それは、どうも無理なご相談のようで」

「いえ、もう四軒も断られてるの」

「そうでしょうねえ。急に出てと言われましても」

「大丈夫。難しい曲ではありません。あなたは歌お嫌いですか」

「そんなことはありませんが。好きでも練習というものが」

「いいんです。あなたが地区の懇親会カラオケで歌ったことを聞いたことがある人がうまかったと」

誰だ、そんな余計なことを言った人は。

「便利屋さん、お願いです。この通りです。私、深々と頭を下げてます」

まあ、見えはしないですけど、そうなんでしょうね。でも、どうしよう。歌は好きだが発表会って。

「とりあえず、練習を見せてください。その間に他も当たってください。お願いします」

「ああ、よかった」

「違います、他も必ず当たってくださいね」

私の返事を都合のいいように受け取っているようで、とても不安になる。

「緑ヶ丘の公民館です。今日は正午から始めます」

「わかりました。伺います。でも期待しないでください」

「大丈夫、あなたたなら」

だから、あなたは僕を知らないでしょうと思うのに、一方的に電話を切られてしまった。名前も聞くのを忘れてしまった。家内はその話を聞きながら泣くほど笑ってる。

歌を歌うのは好きだ。学生時代はギターも弾いていた。だが、あれから数十年。カラオケで歌うのと発表会ではわけが違いすぎる。

「はい、のどにいい飴よ。水筒もどうぞ」

「はあ、こんな依頼は初めてだな。でも、お金はもらえないよな。歌手でもないのに」

「そうね、でも、楽しそう」

「そ、そんなことはない」

それでも、公民館まで草引きと違って、心が浮き立つ。くそ、家内の言う通りか。

公民館には十八人の高齢者たちがいた。最高齢は八十八歳の女性。男性はいない。えーっ、いないのか。

「あの、お電話した津田です」

「あ、どうも、林原です」

「これが曲です」

渡された楽譜は全部で五曲。もみじ、里の秋、ふるさと、ダニーボーイ、大地讃頌。初めの四曲はいいよ。大地讃頌ってなんだ?

初めて聞く曲だ。体が震える。

「ああ、よかった。林原さん、楽譜が読めるのね」

「いや、読めるだけです。歌うのは別です」

それでも、もみじや里の秋、ふるさとは懐かしくて低音部も知っている。こっちは大丈夫。津田さんは満面の笑みで指揮棒を振る。

だけど、ダニーボーイは知っているけど、低音部は初めて。それでも、耳馴染みのある曲はどうにかなる。ダメなのは最後の曲。聞くのも初めてだ。津田さんがピアノ伴奏の山田さんに耳打ちして特訓の打ち合わせ。

「林原さん、こちらで」

すると、最高齢の坂田さんが近寄って来た。

「あなたはお上手ね。男の方が低音をしっかり歌ってくれると歌がしまるわ」

周りの人も一生懸命褒めてくれる。そう、一生懸命。僕が逃げ出さないように。しっかりと手を握りながら。若い人は来ないよね、こういうコーラスには。はあ、でも大丈夫かなあ。

山田さんの特訓は二時間続いた。みんなの衣装合わせの間も。僕は黒いズボンに白いワイシャツと赤の蝶ネクタイで、骨折した岡さんの蝶ネクタイを借りることになった。どうにか、曲を覚えてきたが間違うと目立って困る。男性一人の岡さんも大変だったんだろうな。

家内がくれた飴をみんなに渡すと、ますます褒めてくれる。それで褒められてもなあ。

「山田さん、林原さん、さあ、では合わせて見ましょう」

津田さんの声で緊張しながら並ぶ。

どうにか歌い終わると、津田さんが明日の最後のリハーサルについて話し出した。

「皆さん、一年の練習の成果を発揮できるようにがんばりましょう。林原さん、本当にありがとう。二日しかないけどあなたなら大丈夫だから」

何を根拠にそういうのかわからないが、確かにこれはごくごく普通の高齢者のコーラスであることがうれしかった。便利屋に頼むくらいだからそんなものなのだろうが。

山田さんが練習中に取った録音テープを持たせてくれた。ありがたい、CDではなくてカセットテープだ。これなら家にもある。二時間歌いっぱなしでくたくただ。

「林原さん、もう家で練習しないで」

「え？　でも折角録音してくれてるのに」

「だめよ、明日、声が出なくなるから。これは歌わずに耳で覚えるためよ」

「あ、そうですか」

「だって、久しぶりに歌ったんでしょう、のどに無理が行くわ」

山田さんは定年を迎えた音楽の先生だそうだ。それでピアノが上手いのか。

「私が津田さんに言ったの。林原さんが上手いって」

「え？　どうして」

「母に頼まれて地区の懇親会に車で送って行ったときに聞いたの」

「そうなんですか」

「ええ、小林旭の曲を気持ちよさそうに歌うのを聞いたから」

お酒も入っていたからな。やれやれ。

家に帰ると、古いカセットテープレコーダーを出した。家内はにやにやしながら早く歌ってみてという。

「ダメなんだよ、のどが痛むと明日歌えないから」

「あら、つまんない。本当の歌手みたい」

楽譜を見せると、素っ頓狂な声をあげた。

「わあ、知ってる、この歌。私歌える」

「そうか、どこで聞いた？」

「去年の市民合唱祭」

「ふーん、有名な曲か」

「そうよ、素敵な曲、あなたが歌うのね」

「あ、ああ」

家内は歌いだした。結構上手い。ついハモりたくなる。山田先生、一回だけ許してください。

私がハモると、家内はにっこり笑ってVサインを出した。

「あなた、いい声ね」

「ふん」

「何、いばってるのよ」

家内は笑いながら豆乳鍋を作ってくれた。

当日、岡さんが客席で泣いていたそうな。

万雷の拍手と言いたいが、コーラスの家族など百人くらいだ。家内がブラボーと叫んでいた。止めてくれ。

津田さんは謝礼と書いた封筒を渡そうとするので、それを打ち上げのカンパとした。

結構、コーラスっていいな。

山田さんが入会届を持ってきた。

「うーん。考えます」

というと、代わりに津田さんが林原と名前を書いていた。

【著者プロフィール】
河　美子（かわ　よしこ）
高知生まれ。小説をネットで書き始めて10年。
現在、ジュエリーショップパンセのブログで「石と誰かの物語」を連載中。
「地下鉄エトセトラⅠ、Ⅱ、Ⅲ」（南の風社）

地下鉄エトセトラⅣ

発行日：2020年6月26日
著　者：河　美子
発　行：（株）南の風社
〒780-8040　高知市神田東赤坂2607-72
Tel：088-834-1488
Fax：088-834-5783
E-mail：edit@minaminokaze.co.jp
http://www.minaminokaze.co.jp
カバーデザイン：片岡 秀紀
カバーイラスト：藤本 翔子
定価はカバーに表示してあります。